질투가 우정에
미치는 영향에
관한 연구

질투가 우정에
미치는 영향에
관한 연구

질투가 우정에 미치는 영향에 관한 연구

초판 1쇄 2026년 4월 5일

글쓴이 | 설흔
펴낸곳 | 도서출판 단비
펴낸이 | 김준연
편 집 | 최유정
디자인 | 김선미
등 록 | 2003년 3월 24일(제2012-000149호)
주 소 | 경기도 고양시 일산서구 고양대로 724-17, 304동 2503호(일산동, 산들마을)
전 화 | 02-322-0268
팩 스 | 02-322-0271
전자우편 | rainwelcome@hanmail.net

ISBN 979-11-6350-165-7 43810

값 13,000원

질투가 우정에 미치는 영향에 관한 연구

설흔 장편소설

단비
danbi

우정의 복잡함과 어려움

공자는 말했다. "자기보다 못한 사람과는 사귀지 말라."

모든 사람이 이 말을 지키는 건 불가능하다. 내가 나보다 나은 사람을 사귀면 나의 상대는 자신보다 못한 사람과 사귀는 게 되기 때문이다. 이 모순적 상황을 해결하기 위해 수많은 학자가 나섰다. 대표 주자라 할 송나라의 주자는 이렇게 말했다. "자기보다 능력이 뛰어난 이는 높여서 벗으로 삼고, 자기만 못한 친구는 안타깝게 여겨 나아질 수 있도록 도와야 한다. 이것이 이치로 보아 자연스러운 일이다."

부드럽게 풀어내기는 했으나 모순이 해결된 건 아니다. 주자가 한 또 다른 말을 보면 그는 공자의 말에 백 퍼센트 동의하고 있음을 알 수 있다. "벗이 나만 못하면 어찌 유익하겠는가? 친구 선택은 나보다 나은 사람이어야 득이 있다."

공자의 말을 붙잡고 흉보겠다는 뜻은 아니다. 내 관심은 '나보다 나은 사람과 사귀었을 때 벌어지는 일'에 있으니까. 한번 생각해 보자. 모든 면에서 나보다 뛰어난 친구를 사귀면 과연 무슨 일이 벌어질까? 우뚝한 친구를 바라보면서 그의 말과 행동과 생각을 배우고 내 단점을 고쳐서, 그 친구처럼 훌륭한 사람이 될까? 아니면 죽어라 하고 노력해도 따라가기가 어렵다는 냉정한 사실에 좌절하고, 질투하다가 결국은 미워하면서 돌아서게 될까? 이 글을 읽는 여러분은 과연 어느 쪽일까?

읽기에 쉽지 않은 글임을 미리 알려 드린다. 이유는 간단하다. 잘 모르는 사람은 쉽게 설명하는 방법을 모른다. 한술 더 떠 청소년 책치곤 지나치게 어려운 게 아니냐고 항의하는 이들도 있겠다. 내가 생각하는 청소년 책은 청소년부터 읽을 수 있는 책이라고 변명하고 싶으나, 그렇다고 쉬워지는 건 아닐 터. 결론은 이렇다. 우정은 역시 복잡하고 어렵다고. 마지막으로 하나 더. 이 글은 소설이다.

한 사람이라도 상대방을 사랑하지 않으면,

두 사람은 친구가 될 수 없다.

– 《교우론》 73칙

나는 인환을 가장 경멸한 사람의 한 사람이었다.

그처럼 재주가 없고 그처럼 시인으로서의 소양이 없고

그처럼 경박하고 그처럼 값싼 유행의 숭배자가 없었기 때문이다.

그가 죽었을 때도 나는 장례식에를 일부러 가지 않았다.

– 김수영

*

15세 소년 균에게 1583년은 잊을 수 없는 해였다.

1583년, 균보다 열여덟 살 많은 작은형 봉이 함경도 갑산으로 유배를 떠났다. 균에게 봉은 일반적인 의미의 작은형이 아니었다. 균은 12세에 아버지 엽을 잃었다. 작은형 봉은 아버지 같은 형이었다. 어린 균에게 기꺼이 두 번째 아버지가 되어 주었던 봉은 비범한 인물이 수두룩했던 가문에서도 단연 돋보였다. 9세 때 '금전화'라는 시를 지어 문명을 날린 봉은 18세 때인 1568년에 생원과에 장원 급제했으며 4년 후에는 고양이 문지방 넘듯 가볍게 문과를 통과했다. 봉은 곧바로 정9품 예문관 검열이 되었다. 24세 때인 1574년에는 정6품 예조좌랑에 올랐으며, 서장관으로 지원해 명나라에 다녀왔다. 나중에 균은 봉의 연보를 작성하게 되는데 명나라에서 있었던 봉의 일화를 다음과 같이 적었다.

중국의 사대부들과 머리를 맞대고 주자와 육상산 학문의 차이를 논했다. 최고의 학자들도 감히 봉을 굴복시키지 못했다. 다만 탄복할 뿐이었다.

소국의 젊은 서장관이 세 치 혀로 대국의 내로라하는 학자들을 보기 좋게 물리쳤다는, 일종의 영웅 신화에 가까운 이 일화가 균과 또래 소년들에게 모종의 환상을 심어 주었음은 나중에 다시 말하도록 하겠다. 다시 봉으로 돌아가자면, 경이적인 승진은 명나라에 다녀온 후에도 계속되었다. 봉은 26세에 정5품 사헌부 지평이, 다음 해에는 정4품 홍문관 응교가 되었다. 동인의 대표주자로 낙점받아 승승장구하던 봉에게 브레이크가 걸린 건 1583년, 그의 나이 33세 때였다. 순무어사가 되어 경기도 전역을 살피고 돌아온 봉은 병조판서 이이의 파직을 요청하는 상소를 올린다. 조선 시대에 관심이 없는 이들도 퇴계 이황과 율곡 이이의 이름은 알 것이다. 지금도 여전히 천 원 지폐와 오천 원 지폐의 모델로 현역에서 활약하는 두 사람은 당대에도 이미 거물이었다. 그런 이이에게 33세의 봉이 정면 승부를 건 것이었다.

이이가 갑자기 높은 자리에 올라 나라의 중한 책임을 맡았으니, 마땅히 두려워하고 마음을 다해 직무를 수행해야 할 것입니다, 그런데도 군사 행정의 중한 일을 아뢰지도 않고 먼저 시행했으며 임금의 명도 제대로 받들지 않았습니다. 병권을 마음대로 행사하고 임금을 업신여긴 죄를 범했습니다.

군사 행정에 대한 이이의 잘못이 구체적으로 무엇인지 살피는 것은 이 글의 관심사가 아니다. 그렇다면 졸지에 이이에게 업신여김을 당하고(?) 지지리도 못난 인간이 된 임금 선조는 이 상소에 어떤 태도를 보였을까? 솔직히 말해 선조는 자신 앞에서 늘 정색하고 선생처럼 구는 이이를 그다지 좋아하지는 않았다. 이이 앞에 서면 늘 숙제를 안 한 학생의 기분을 느꼈다. 사죄하고 싶은 마음과 책상을 뒤엎고 싶은 마음이 반반이었다. 선조의 손바닥에 가득한, 손톱으로 눌러서 생긴 상처는 그 극심한 갈등의 결과물이었다. 그렇기에 이이를 탄핵하자는 젊고 겁 없는 문장은 선조에게 미묘한 기쁨을 주기는 했다. 이 기회에 이이를 날려 버리는 것도 나쁘지는 않겠다는 생각을 잠깐 해 보며 두툼한 입술을 슬쩍 핥기도 했다. 문제는 봉에 대한 감정이었다. 봉에 대한 불신은 이이에 대한 미묘한 양가적 감정과는 비교할 수도 없이 컸다. 모두가 짐작할 수 있었던 표면적인 이유는 봉이 일부러 당파 싸움을 일으키려 한다는 것이었다. 동인의 행동대장이 되어 서인들이 당수로 떠받드는 이이를 공격하려 한다는 것이었다. 사적인 이유도 있었다. 몇 해 전 선조는 자신의 친조모 안빈의 사당을 대궐 안에 봉안하려 했다. 봉은 결사적으로 반대했다. 안빈이 명종의 첩이었다는, 성리학을 신봉하는 국가에서 첩을 사당에 모실 수는 없다는 절대적 결격 사유를 칼날처럼 들이미는 봉에게 선조는 꼬리를 내릴 수밖에 없었다. 선조는 감정적인 인간이었다. 선조는 늘 영민한 인간으로 보이고 싶어 했다. 실제적으로도 영민한 편이었지만, 감정의 동굴에서 벗어나지 못하는 약점을 지녔다. 사유가 옳건 그르건 간에 자신의 친조모 일에 앞장서 반기를 든 봉이 도무지 용서가 안 되었다. 방계 출신으로 임금에 올랐다는 콤플렉스도 분명 한몫했을 것이다. 그렇기에 자신의 약점을 정확히 찌른 봉이 이이에게 화살을 날렸을 때 선조는 아주 잠깐 고민한 끝에 그 화살을 반사하듯 튕겨 봉에게 되돌려 주었다. 봉의 처벌을 말하는 선조의 목소리는 다른 날에 비교해 유난히 가벼웠을 것이다.

봉의 간특함은 나도 잘 아는 바다. 멀리 유배를 보내는 게 어떤가?

상소는 신하의 권리이므로 지나친 처벌이라는 평이 주류였다. 비판적인 사설을 트집 잡아 신문사를 처벌할 수 없다는 것과 비슷하다. 그러나 이미 감정의 물결에 휩쓸린 선조는 생각을 바꿀 의사가 없었다. 처벌을 반대하는 의견은 선조의 거미줄처럼 예민한 신경을 건드렸고, 결심을 바꾸기는커녕 더욱 굳게 만들었다. 선조의 최종 명령은 다음과 같았다.

간교한 무리가 자리에 있어 조정은 안정을 잃고 국시가 흔들린다. 이에 방류의 법을 행함으로써 영원히 역사의 거울로 삼으려 한다.

8월 28일, 봉은 멀고 먼 갑산으로 떠났다. 배웅 나온 친구들에게 봉은 충분히 시간을 갖고 천천히 손을 흔들었으며, 유배자의 권리인 이별의 말을 통해서는 유난히 어두운 시 한 편을 남겼다.

아아, 이 세상에서 다시 만날 날 없을 것 같아
어두운 황천길 가리키며 뒷날을 기약하네

미래를 예언하는 시를 흔히 시참이라 부른다. 결과를 미리 말하자면 봉 또한 시참의 역사에 한 획을 그었다. 봉은 이때 헤어졌던 친구들과 다시는 살아서 만나지 못했다. 하지만 그것은 나중의 일이고, 삼수와 더불어 오지의 대명사인 갑산에서의 유배 생활은 그다지 나쁘지만은 않았다. 봉은 이태백의 시집을 즐겨 읽었다. 이태백처럼 호방한 시를 지으며 하루하루를 보냈다. 아마도 시의 분위기는 대략 이러했으리라.

　아득한 곤륜산 꼭대기에 맑은 강 흐른다
　그러나 도무지 건널 수 없어, 삼천 년 세월 그리워했네
　서리와 안개로 뒤덮인 하늘 끝없이 넓은데
　달빛 비친 바위엔 그윽한 계수나무 한 그루

　전해지는 바에 따르면 마치 신선이 인간 세상으로 귀양 온 것 같았다고 한다. 봉의 인품에 반한 함경감사 권극지는 업무에 지친 날이면 말을 달려 갑산을 방문했으며, 유배객 봉을 손님처럼 극진히 대접하며 마음의 안식을 찾았다. 그 바람에 권극지는 자신의 직을 잃을 뻔했다. 봉은 자신만의 방식으로 권극지에게 은혜를 갚았다. 당시 갑산에는 괴물이 자주 출몰했다. 이 괴물은 조선 시대 여러 문헌에 등장할 만큼 꽤 유명했다.

　부릅뜬 눈에 이빨은 톱니와 같았고, 산발인 머리카락은 마구 흐트러졌다. 괴물은 왼손에는 활, 오른손에는 불을 들고 있었다.

　갑산에 출몰했다고 해서 갑산괴라 불리는 괴물이다. 솔직히 말해 위의 기술만으로는 그다지 괴물 같지는 않다. 덩치가 큰 것도 아니고 공격 의사를 내비친 것도 아니다. 실제로 피해는 전혀 없었다.

나는 여진인이거나 산골에 숨어 살던 방외인일 가능성이 크다고
본다. 하지만 때는 조선 시대였다. 보통의 사람들과 조금이라도 다
른 존재가 나타나면 호들갑을 떨던 시대였다. 갑산 고을은 그야말
로 겁에 질렸다. 무서워서 다가가지는 못하고 그저 북을 치고 활을
쏘며 알아서 물러가기만을 빌었다. 이 상황에서 바로 봉이 등장한
다. 위엄으로 가득한 멋진 문장을 써서 갑산괴를 쫓아낸 것이다. 이
태백의 시를 읽으며 신선처럼 살았던 덕분에 신기를 얻은 것이었을
까? 아니면 특유의 혜안으로 갑산괴의 연약한 본질을 꿰뚫어 보기
라도 한 것이었을까? 아니면 그저 우연이었을까? 봉은 갑산괴에 대
해 말한 적이 없다. 봉이 썼다는 문장 또한 전하지 않으니, 우리로
서는 그저 추측만 할 뿐이다. 물론 신선 같은 삶을 사는 와중에도
동생이면서 자식 같은 균을 그리는 애틋한 마음은 잊지 않았다.

우리 균이 생각하다가 어머니 그리워 다시 눈물 흘린다
한강 남쪽 언덕엔 올해도 풀이 새로 돋았겠지

그 누구보다 감수성이 풍부하며 작은형을 제 몸만큼 아끼고 사
랑했던 우리의 주인공 균은 아마도 이 시를 읽고 눈물을 한 바가지
는 흘렸을 것이다.

*

잊을 수 없는 해 1583년에 대한 또 다른 이론이 있다. 유배를 떠나기 몇 달 전으로 시기를 조금 앞당기는 게 좋겠다. 어느 날 봉은 균에게 편지를 보냈다. 봉은 여러 비유를 총동원해 균을 칭찬했다.

균은 필봉이 늠름하구나.
서릿발과 창처럼 날카롭고
사자처럼 기운차구나.

열여덟 살 차이가 나는 자식 같은 동생에 대한 지극한 애정이 드러나는 글이다. 하지만 봉의 표현이 과장만은 아니었다. 실제로 균은 문학적 재능이 뛰어난 소년이었고 이 소년이 어른이 되어서 만들어 낸 결과물 중 몇몇은 우리 모두 잘 아는 바다. 몇 번을 강조해도 부족하지 않은 중요한 사항 하나를 밝히고 싶다. 그러한 균을 만든 건 다름 아닌 봉이었다.

무슨 말인가? 균에게 봉은 닮고 싶은 사람 그 자체였다는 뜻이다. 조금 과장해서 말하자면 균은 어릴 적부터 전력을 다해 봉처럼 살고자 했다. 봉이 밟았던 길을 놓치지 않고 그대로 따라가려고 애를 썼다. 스승의 그림자도 밟으면 안 된다는 것이 엄숙으로 무장한 그 시대의 상식이었지만, 평생 상식 따위와는 담을 쌓고 살았던 균은 봉의 그림자를 밟는 것을 넘어서 그림자가 되기를 자처했다.

9세 때의 일화부터 시작하는 게 좋겠다. 봉이 그랬듯 균 또한 9세 때 처음으로 시를 썼다. 8세도 10세도 아닌 9세라는 사실에 주목해야 한다. 아쉽게도 균이 지은 시는 전해지지 않는다. 대수롭지 않게 넘길 수도 있겠다. 약간의 이의를 제기할 수도 있다. 균은 평생 뛰어난 기억력을 자랑했다. 사례가 워낙 많으니, 누구라도 수긍할 만한 대표적인 예 하나만 들어 본다. 누이 희가 죽었을 때 균은 누이의 시 210편을 정리해 책으로 엮었다. 시집에 실린 시 대부분은 균이 한 번 보고 외웠던 작품들이었다. 설마 하고 의심할 수도 있겠다. 하지만 정유재란에 참전한 명나라 시인 오명제의 기록에 따르면 균은 자신 앞에서 직접 누이의 시 전부를 외워 보이는 진기명기를 선보였다고 한다. 이렇듯 무시무시한 기억력을 지닌 균이 9세 때 지었다는 최초의 시는 왜 기억을 못 하는 걸까? 균만큼 기억력으로 유명하지는 않았던 또 다른 천재 김시습은 3, 4세 무렵 생애 최초로 지었던 시도 기억하고 있는데. 그렇다면 이렇게 질문을 제기할 수 있다. 9세 때 시를 지었다는 것은 혹시 거짓이 아닐까? 아니면 9세 때 시를 짓기는 지었으나 명작으로 꼽히는 봉의 시에 비교할 때 격이 떨어진다고 느껴 스스로 기억에서 삭제한 것은 아닐까?

미리 말하자면 균은 당대에도 거짓말을 밥 먹듯 남발하기로 유명했으며, 나중에 말하겠지만 누이의 시에도 손을 댔다는 혐의를 평생 떨치지 못했다. 삭제와 조작은 균의 전문 분야였다. 충분히 그럴 듯한 이론이기는 하지만 다소 과격한 추측일 가능성이 높다. 균이

9세 때 지은 시를 읽은 이들의 충격적인 평이 기록으로 남아 있기 때문이다.

역적 균은 총명하고 영특했다. 9세 때 처음 시를 지었는데 무척 아름다웠다. 여러 사람이 앞다투어 문장을 잘하는 선비가 될 것이라며 칭찬했다. 매형 우성전의 반응은 달랐다. '문장을 잘하는 선비가 되기는 하겠지. 잘난 문장 덕분에 집안은 쑥대밭이 되겠지만.'

역적이라는 표현으로 보아 균 사후에 만들어진 기록임을 알 수 있다. 결과를 보고 쓴 글이니 결과를 완벽하게 반영한 건 지극히 당연하다. 무슨 말인가 하면 사실을 왜곡하고 조작한 기록일 수도 있다는 뜻이다. 우선은 우성전이 근심 어린 표정을 지으며 선언했다는 발언에 주목하고 싶다. 과연 우성전이, 집안 사람이 된 지 얼마 되지도 않은 매형 우성전이 처가를 말아먹을 사람이 다름 아닌 균이라는 사실을 9세 소년의 시 한 편을 통해 예견했을까?

나는 조금 회의적이다. 퇴계 이황의 제자 우성전은 나름 유명 인사다. 대사성이라는 고위직을 역임했으며 임진왜란 때에는 의병장으로 활약했다(의병장으로 활약한 대가로 대사성이 되었다는 설도 있다). 이황이 아꼈던 제자답게 학식과 인품이 뛰어난 인물이지만 시를 잘 지었다거나 문학에 심취했다는 기록은 그 어디에도 없다. 철저하게 경학을 숭상한 학자형 인물이다. 그런 우성전이 시를, 그것

도 여러 편도 아닌 단 한 편을 보고 균의 미래를 예견했다? 호사가
들이 만들어 낸 그럴듯한 일화일 가능성이 크다. 어떤 정황인지는
알겠다. 완벽한 인격의 소유자 이황을 숭앙했던 우성전이 보기에
어린아이라지만 지나치게 자유분방하며 남을 무시하는 듯한 균의
태도는 몹시 마음에 안 들었을 것이다. 우성전은 균을 꺼렸을 것이
고, 자신을 꺼리는 이에게는 더 심하게 대하는 균이다 보니 위와 같
은 이야기가 만들어졌을 것이다. 길게 고민한다고 답이 나올 문제
는 아니다. 다음으로 넘어가기로 한다.

봉을 닮고 싶다는 균의 열망이 구체적으로 드러난 건 13세 때의
일이었다. 균은 훗날 지인에게 보낸 편지에서 이 시절을 다음과 같
이 회고했다.

조금 자란 뒤에는 과거 공부하는 사람이 있다는 사실을 알게 되
었다. 그를 따르고 본받고 싶었다. 나도 빨리 이루고 싶은 마음에
《육경》과 《사서》를 두루 읽었다.

실명을 밝히고 있지는 않으나 균이 따르고 본받고 싶어 하는 이
가 봉이라는 사실은 우리의 이론에서 볼 때 의심할 여지가 없다.
결과부터 말하자면 균은 과거시험 분야에서 이룬 봉의 빼어난 성
취를 따라잡지 못했다. 봉은 18세에 생원이 되었지만, 균은 21세에
뜻을 이루었다. 봉은 22세에 문과에 급제했지만, 균은 26세에 뜻을

이루었다. 냉정하게 수치로 요약하자면 균은 과거시험 분야에서 봉에게 3년, 혹은 4년 뒤처졌던 것. 균의 삶과 감정을 이해하는 데 있어 이 사실은 생각 이상으로 중요하다는 점을 잊지 말기 바란다. 균에게 봉은 넘지 못할 봉우리였다. 평생 겸손을 몰랐던 균이 이 시기를 돌아보며 진심으로 반성하는 마음이 느껴지는 진귀한 표현을 남겼다는 것 또한 꽤 시사하는 바가 크다.

하루에도 수만 마디를 외우느라 입술을 쉴 새 없이 나불거렸다. 사람들은 똑똑하다며 나를 칭찬했다. 나 또한 으스대며 과시했다. 그러나 실제로는 학문과 문장을 전혀 알지 못했다. 그저 무턱대고 외우는 수준에서 조금도 벗어나지 못했다.

미리 말하자면 균은 자신의 한계를 실감했음에도 봉 따라잡기 프로젝트를 전혀 포기하지 않았다. 과거에 급제한 후에도 봉의 뒤를 참으로 성실하게 밟았다. 종9품 승문원 부정자가 된 균은 외교 문서를 전달하기 위해 요동에 다녀왔으며 접반사 윤국형의 종사관이 되어 의주에서 40여 일을 머물렀다. 균을 적합한 인물로 여기지 않는 의견도 있었지만, 균의 열망은 반대를 물리치기에 충분했다. 접반사는 명나라 사신을 맞이하는 임무를 하는 관리다. 접반사를 보조하는 업무의 성격상 균은 작은형 봉이 그랬듯 명나라 사람들과 꽤 많은 대화와 토론을 나누었을 것이다. 그 시간 동안 균의 머리에 내내 존재했던 일념은 일찍이 봉이 만들었던 신화적 일화였을 것이 분명하다.

너무 앞서갔다. 우리의 관심 사항인 균의 소년 시절, 14세 때로 돌아가기로 한다. 자신을 빼닮으려는 균의 엄청난 야심까지 알 리 없는 봉은 균이 과거 공부하느라 안달복달하는 모습을 유심히 지켜보았을 것이다. 그러느라 시와 문장을 멀리하는 것도 자연히 알게 되었을 것이다. 봉은 빼어난 관료 이전에 빼어난 시인이었다. 시와 문장은 인격의 일부나 마찬가지라고 생각하는 문학적인 인간이었다. 봉은 과거 공부에만 몰두하는 균이 염려스러웠다. 균의 마음에서 자라나는 문학의 싹이 제대로 크지도 못하고 시들까 두려웠다. 고민 끝에 봉은 일종의 치트 키를 사용한다. 14세 소년 균에게 서얼 시인 이달을 소개한 것이다. 이달은 이미 한 사람을 어엿한 시인으로 만든 경험이 있는 유능한 선생이었다. 그 한 사람은 바로 균의 누이 희였다. 희에게 이달을 소개해 눈부신 성공을 거두었던 봉은 자신을 아버지처럼 여기며 모든 것을 닮으려 드는 막내 균에게 또다시 이달 카드를 사용한다. 미리 말하자면 이달 카드는 이번에도 제대로 성공했다. 하지만 이달 카드에는 만만치 않은 부작용도 있었다. 봉은 미처 거기까지는 생각하지 못했다. 이달이 시 창작 이외의 분야에서 희와 균에게 미친 영향, 부정적이라고 말할 수는 없으나 그늘을 드리운 게 분명한, 이 중요하고도 미묘한 영향에 대해서는 나중에 다시 말하겠다.

봉은 당근을 제대로 사용할 줄 알았던 사람이었다. 기왕 나선 김에 뜨거운 격려 한 다발도 함께 보내기로 한다. 그래서 이듬해인 1583년, 앞서 인용한 바 있는, 15세 소년 균을 마구 칭찬하는 문장을 날리게 되는 것이다. '균은 필봉이 늠름하구나. 서릿발과 창처럼 날카롭고, 사자처럼 기운차구나.'

봉의 인정을 받은 균의 얼굴은 기쁨으로 가득 찼을 것이다. 이성도 뛰어났지만, 감성은 훨씬 더 발달했으며 표현에 있어 절제의 미덕과는 늘 거리가 멀었던 균의 심리를 고려하면 기쁨으로 가득 찼다는 표현은 실상의 절반도 반영하지 못했을 것이다. 감정 과잉 상태의 균은 기뻐 날뛸 지경이었으며, 아드레날린 과다 분출로 고양된 감정을 지속시키기 위해 편지를 읽고 또 읽었다. 그러나 고양된 감정이 영원히 지속될 수는 없는 법, 시간이 흘러 감정이 손수건을 꺼내 땀을 닦으며 물러난 자리에 제 차례만 기다리던 이성이 드디어 나타났다. 균은 흥분을 가라앉히고 차분한 마음으로 편지를 반복해서 읽었다. 여태껏 알아채지 못했던 사실들이 비로소 눈부신 햇빛 아래에 환하게 드러났다. 기쁨으로 붉게 물들었던 균의 얼굴은 이번에는 백지장처럼 창백해졌다. 균을 칭찬하는 문장 앞에는 두 개의 문장이 근육질의 문지기처럼 버티고 있었다.

자리에 네다섯 명이 있는데 빈 골짜기에 발걸음 소리 또 들려온다.

이 군은 맑은 소리로 맹자를 외우고, 빼어난 금 군은 옛 자취를
좇을 만하구나.

아마도 봉은 경치 좋은 계곡에서 열린 시회에 참석했다가 그 자
리에서 편지를 쓴 것 같았다. 그 자체로는 특별한 것이 없었다. 봉
은 정계의 기대주이자 뛰어난 문장가였다. 이백을 좋아했다는 사실
에서 알 수 있듯 호방한 성격의 소유자이기도 했다. 뛰어난 식견과
화려한 말발, 두주불사의 실력까지 장착해 다들 초청하고 싶어 했
던 유명 인사 봉이 시회에 참석하고 흥에 취해 편지를 쓴 건 별다
른 일 축에도 들지 못했다. 균이 주목한 건 이 군과 금 군이었다.

타고난 천재가 그렇듯 봉은 칭찬에 인색했다. 웬만한 글에는 아
예 눈길도 주지 않았으며 비평 기계처럼 혹평을 마구 내뱉었다. 나
는 이 대목에서 투수가 안타를 맞을 때마다 고개를 흔들며 혼잣
말하던 어느 프로야구 감독을 떠올린다. 그는 프로야구 사상 최고
의 투수였다. 그랬기에 그는 타자에게 제대로 승부도 하지 못하고
고전하는 투수를 도무지 이해할 수 없었다. 그는 덕아웃에서 고개
를 흔들면서 생각했을 것이다. 스트라이크를 잡는 일이 그렇게 어
려운가?

봉 또한 마찬가지였다. 동생이자 아들 같은 균, 그리고 누이 희에
게는 아낌없이 칭찬을 베풀었어도 그 칭찬이 타인에게 향하는 법

은 거의 없었다. 그런 봉이 균에게 보내는 편지에 이 군과 금 군을 언급한 것이다.

균은 냉정하게 살피기로 했다. 내내 균을 감정이 앞선 인간으로 묘사했지만, 그렇다고 균의 이성이 처진다는 뜻은 아니다. 감성에 비교해 이성이 부족할 뿐, 여타 인간과 비교하면 균의 이성은 확실히 빼어난 편이었다. 그런 균이 냉정하게 살폈으니, 무언가 실마리를 찾아내는 건 시간문제였다. 날카롭게 편지를 살핀 균은 먼저 이 군을 제외했다. 이 군의 재주는 맹자 암송이었다. 그 자체로 대단한 재주이기는 해도 맹자 전편을 머릿속에 넣고 있는 봉에게 큰 감흥을 주었을 리는 없다. 그렇다면 이 군은 금 군을 말하기 위해 동원된 배경 같은 인물이라 보는 게 사리에 맞을 것이다. 그렇다면 금 군의 재주는 무엇인가? 시나 문장을 잘 짓는다거나 토론에 능하다거나 하는 기술적인 재주는 전혀 보이지 않는다. 금 군은 그저 옛 자취를 좇을 뿐이다. 놀라운 건 봉이 쓴 표현이다. 옛 자취를 좇는 금 군이 빼어나다는 것이다!

균이 살던 시절에는 체온계가 없었다. 이 편지를 읽는 균의 체온을 쟀다면 아마 평소보다 2도는 상승했을 것이다. 이성적으로 읽고 판단해 나가던 균의 감정을 들끓게 한 것은 금 군에 대한 봉의 칭찬이었다. 특정 기술이 아닌, 금 군의 인격과 성취에 대한 전면적인 칭찬이었다. 균은 금 군에 대한 칭찬과 자신에 대한 칭찬을 나란히 놓고 살폈다.

빼어난 금 군은 옛 자취를 좇을 만하구나.

균은 필봉이 늠름하구나. 서릿발과 창처럼 날카롭고 사자처럼 기운차구나.

나란히 놓고 살피니 차이는 더욱 명확해졌다. 금 군에 대한 평이 진심에서 우러난 칭찬이라면, 균에 대한 평은 희망 섞인 격려였다. 금 군에 대한 평이 현실이라면, 균에 대한 평은 기대, 즉 미래였다. 균은 주먹으로 마룻바닥을 쳤다. 마룻바닥은 주먹보다 강하니 아픈 건 마루가 아니라 균의 주먹이었다. 이내 푸르게 멍들어 생각보다 더 큰 통증을 선물 받은 주먹을 주무르며 균은 생각했다. 그냥 생각한 게 아니라 분노하며 생각했다. 금 군이라는 작자는 도대체 누구인가?

군이라는 표현으로 보아 봉보다 연하임은 분명했다. 그것 말고는 도무지 단서가 없었다. 균은 금 군에 대해 전혀 들어 본 적이 없었다. 그토록 빼어난 금 군이라면 분명 소문이 났을 테고 그렇다면 어디선가 들어 봤을 텐데 이상하게도 전혀 들어 본 적이 없었다. 아아하, 균은 입을 벌리고 긴 한숨을 토했다. 15세 소년에게는 어울리지 않는 늙은이 같은 애절한 한숨을 쉬었다. 따사로웠던 햇빛은 어느새 사라졌다. 날은 흐렸고, 공기는 음습했다. 어쩌면 날은 여전히 따사로웠을 수도 있겠다. 흐리고 음습한 건 균의 마음일 수도 있겠다. 어쩌면 날과 공기와 마음 모두 흐리고 음습했을 수도 있겠다. 무엇이 진실이냐고 묻지는 마라. 엊그제 일처럼 이야기해 왔지만, 실은 몇백 년 전의 일이라 그날 15세 소년 균이 품었던 마음의 진실이며 정확한 날씨 따위는 우리로서는 전혀 알 수 없으니까 말이다. 중요한 건 이것이다. 균이 주먹과 마음에 큰 통증을 느낀 바로 이날 금 군에 대한 모종의 감정이 처음으로 탄생했다는 것! 그리고 아직은 정체를 제대로 파악할 수 없는 이 복잡미묘한 감정이 소년 균의 미래를 어느 정도는 결정했다는 것!

서둘러 다음으로 넘어가기 전에 빼놓지 말아야 할 흥미로운 일화 하나가 있다. 1583년 8월 28일 봉은 유배형을 받았다. 같은 날 집안에는 또 다른 일이 있었다. 봉보다 두 살이 더 많은, 그러니까 균보다는 스무 살이 더 많은 집안의 장남 성이 35세의 나이로 문과에 급제한 것이다. 대학자 퇴계 이황이 34세에 과거 급제한 점을 생각해 보면 성의 성취는 인정받아 마땅했다. 하지만 균은 이에 대해 별다른 멘트를 남기지 않았다. 경사보다는 우환이 먼저였기에, 그것도 다른 이가 아닌 아버지이자 하늘 같은 봉에게 닥친 우환이었기에 뭐라 말하기가 마땅치 않았을 수도 있다. 다른 설명도 가능하다. 22세에 과거 급제한 봉을 일심으로 바라보던 균에게, 그 자신 26세에 시험을 통과하게 되는 균에게 35세의 늦은 급제는 아무런 감흥도 주지 못했을 것이다. 하지만 따스했으나 허술했던 아버지 엽이 죽은 후 크게 흔들렸던 집안의 균형을 잡아 나간 건 여러모로 남보다 빼어났던 봉, 희, 균 삼 남매가 아니라 셋에 비하면 그저 평범한 수준이었던, 아니 평균 이상의 뛰어난 재능을 가졌으면서도 전혀 인정받지 못했으며, 그 덕분인지는 몰라도 천재 특유의 모난 구석이라고는 전혀 없었던 성이었다는 사실은 꽤 흥미롭다. 실제로도 성이 죽자, 집안은 기다렸다는 듯 와르르 무너졌다. 성은 은유가 아닌 실제의 의미에서 집안의 대들보였던 것. 하지만 그건 나중 이야기이기도 하고 감정을 주로 다루는 이 글의 주제와도 별 관계가 없다.

*

한번 생긴 호기심을 쉽게 누르지 못하는 균의 집요한 성향으로 볼 때 금 군에 대한 조사를 멈추었을 것 같지는 않다. 하지만 이후 2년 넘게 금 군은 전혀 등장하지 않는다. 몇 가지 이유가 있다. 우선 균은 일생의 과제인 봉 따라잡기 프로젝트를 쉬지 않았다. 봉의 유배는 어떤 면에서는 프로젝트에 더욱 힘을 실어 주었다. 모처럼 봉이 멈춰 있던 시절이었다. 잔뜩 뒤처져 있던 균에게 이보다 더 좋은 기회는 없을 터였다. 프로젝트는 일정한 성과를 거두었다. 1585년 봄, 17세의 균은 향시 초시에 당당히 합격했다. 아직 생원이 된 것도 아니었으나 그래도 출발점으로 삼기에는 나쁘지 않은 결과였다. 뭐, 천 리 길도 한 걸음부터 아니겠는가?

균의 다음 스텝은 얼핏 보기엔 목표와 좀 어긋난 것으로 보이기도 한다. 균보다 두 살 어린 김대섭의 둘째 딸과 혼례를 치른 것이다. 미리 말하자면 아내의 죽음으로 이 결혼은 길게 이어지지는 못했다. 감성이 풍부한 균답게 그는 먼저 세상을 떠난 아내를 추억하는 아름다운 글을 남기기도 했다.

성품이 신중하고 꾸밈없었으며, 여성으로서 해야 할 일에 조금도 게으름을 부리지 않았고, 말을 아예 못 하나 싶을 만큼 말수가 적었다. 어머니를 공손히 섬겨서 아침저녁으로 직접 잠자리를 살폈고, 음식은 모두 직접 만들어 올렸고, 절기마다 제철 음식을 풍성하게 올렸다…… 어머니는 늘 '우리 어진 며느리'라 칭찬했다.

균치고는 평범한 글이라 조금 실망했을지도 모르겠다. 하지만 균은 균이다. 균은 평생 치부를 드러내는 것에 대해 별로 신경 쓰지 않았는데, 그래서 호사가들의 비난을 한 몸에 받았는데, 이 글에서 또한 마찬가지다.

아직 어렸던 나는 기방 출입을 즐겼다. 시치미를 떼는 일에는 능숙해서 얼굴에 조금의 티도 내지 않았다. 하지만 아내는 귀신같이 내 방종한 행동을 눈치챘다. "군자는 자신에게 엄격한 법입니다. 술집에 다니며 이름을 날린 옛사람은 본 적이 없습니다."

스스로 밝힌 비밀 덕분에 균의 성장이 생각보다 더뎠던 이유 한 가지를 알게 되었다. 균은 말로는 봉을 따라잡겠다고 다짐하면서도 실은 부잣집 소년들이 흔히 빠지는 유혹에서 빠져나오지 못하고 있었다. 문맥에 따르면 결혼 전부터 시작되었을 그러한 습관은 결혼 후에도 계속되었음을 알 수 있다. 균은 조금의 티도 내지 않았다고 썼지만 그건 자기중심성이 유달리 강한 균의 생각이었을 뿐, 아내로서는 도무지 모른 체하려야 모른 체할 수 없는 지경이었다고 보는 게 현실적인 분석일 것이다. 그랬기에 말을 아예 못 하는 줄 알았던 아내가, 웬만하면 균의 일에 간섭하려 하지 않던 아내가 참다못해 입을 연 것일 테고. 아내의 지적에 균은 깜짝 놀랐던 것 같다. 속으로 부끄러움을 느꼈다고 쓴 것이 그 증거다. 그 후 균은 문란한 생활을 청산하고 공부에 매진해 과거시험에 급제했다……는 식의 이야기가 이어지는 게 일반적인 순서일 것이다. 차차 밝히겠지만, 이야기는 그런 식으로 흘러가지 않는다. 균은 보통의 소년이 아니었다. 물론 공부에 어느 정도 매진한 것은 사실이었다. 아내의 지적을 들은 균은 다음과 같이 결심했다.

나는 아내의 말을 듣고 속으로 부끄러워하며 하던 일을 잠시나마 그만두었다.

무슨 뜻일까? 말 그대로 기방 출입을 잠시나마 멈추었다는 뜻이다. 자제를 하기는 했으나 아예 다니지 않을 생각은 없었다는 뜻이다. 참으로 솔직하기는 하다. 그러나 이해하기가 쉽지도 않다. 균을 힐난할 생각은 전혀 없다. 다만 우리가 주인공으로 삼은 균은 소년 시절부터 상식과는 거리가 먼 인간이었다는 사실 하나만큼은 분명히 짚고 넘어가는 게 좋겠다. 말과는 달리 도무지 부끄러움을 모르는 균을 변호하기 위해 아버지의 상실이라는 프로이트 학파의 고전적인 주제를 가져올 수도 있겠다. 균은 12세에 아버지를 잃었다. 다들 불쌍히 여겨 균을 꾸짖지 않았다. 집안의 막내 균은 그야말로 자유롭게 살았다.

나는 열두 살 때 아버지의 엄숙한 가르침을 잃었다. 어머니와 형들은 나를 가엽게 여기어 아낌없이 사랑을 베풀었다. 그 누구도 공부를 감독하거나 행실을 꾸짖지 않았다.

어쨌든, 균의 기방 출입을 잠시 멈추게 한 아내는 때로는 단호하게, 때로는 유머러스하게, 그리고 조용한 사람들이 그렇듯이 한 번 입을 열 때마다 매우 정확하게 정곡을 찔러 가며 균의 공부를 독려한다. 일일이 기록으로 남긴 것을 보면 아내의 이러한 태도는 아버지 엽 사후 마음껏 자유를 누리며 살던 균에게는 꽤 참신한 자극이었으리라.

재주만 믿고 세월을 흘려보내지 마세요. 시간은 쏜살같이 흐르는 법, 뒤늦게 후회해야 아무 소용 없습니다.

게으름 부리면 제가 부인첩(관리의 아내가 받는 직첩) 받을 날이 그만큼 늦어집니다!

종합하자면, 균의 결혼은 봉 따라잡기 프로젝트에도 적지 않은 도움을 주었다. 워라벨이라고 표현하면 좀 그렇지만, 유흥과 공부의 적절한 균형을 이루는 데 이바지했다고 볼 수도 있으니까 말이다. 그런데 균이 결혼 생활에 자신만의 방식으로 그럭저럭 적응하는 즈음 결혼 생활로 몹시 고통을 받는 이가 한 명 있었다. 균의 누이 희였다.

희를 설명하기 위해서는 또다시 시를 말해야 한다. 앞서 말했듯 문학을 가업처럼 숭상하는 이 집안에서 시 창작은 단순한 유흥이나 잡기가 아니라 살면서 반드시 이뤄야 할 궁극의 목표에 가까웠다. 그랬기에 이 집안 인물들의 연보에는 몇 살 때 시를 지었다는 이야기가 빠지지 않고 등장하는 것이다. 결론부터 말하자면 희는 8세에 첫 시를 지었다. 봉과 균이 9세 때 지은 시로 문명을 얻었다는 것은 이미 말한 바 있다. 그런데 희는 그보다 한 해 더 빠른 8세 때 시를 지은 것이다. 더 놀라운 건 작품의 수준이다. 희가 지은 건 시

한 편이 아니었다. 희는 '광한전 백옥루 상량문'이라는 글을 썼는데 시는 그 문장 안에 부속물처럼 들어가 있다. 이 글을 구해서 읽어 보기 바란다. 굳이 그렇게까지, 하고 어깨를 비틀며 짜증을 내는 이들이 많을 테니 맛보기로 몇 문장만 인용한다.

나는 스스로 삼생의 티끌세상에 태어난 것이 부끄러운데, 어쩌다 잘못되어 구황의 서슬 푸른 소환장에 이름이 올랐다. 강랑의 재주가 다해서 꿈에 오색 찬란한 꽃이 시들었고, 양객이 시를 재촉하니 바리에 삼성의 소리가 메아리쳤다. 붉은 붓대를 천천히 잡고 웃으며 붉은 종이를 펼치자, 강물이 내달리듯, 샘물이 솟아나듯 상량문 글이 지어졌다. 신선 황자안의 이불을 덮을 필요도 없었다. 구절이 아름다운 데다 문장도 굳세니, 이백의 얼굴을 대해도 부끄럽지 않았다.

모르는 단어들이 너무 많다고 당황할 필요는 없다. 우리는 그저 분위기만 느끼면 되니까. 이 글을 읽고 다들 신동이 탄생했다며 열광했다고 한다. 인정하지 않을 도리가 없다. 내 나이 여덟에는 저 글을 그대로 옮겨 쓰는 일조차 어려웠다. 균이 9세 때 지은 자신의 시를 남기지 않은 이유를 알 것도 같다. 희의 타고난 시 짓는 재주는 분명 균보다 윗길이었다. 그러나 당혹스럽기도 하다. 이 글이 정말 8세 소녀, 바꿔 말하면 우리 시대에는 초등학교 1학년에 다니며 한글을 익히는 것이 고작인 소녀의 글이란 말인가? 8세 소녀의 정서란 어디에도 없다. 더 놀라우면서도 당혹스러운 건 자신이 쓴 글에 대한 완전한 만족이다. 상량문 글을 쓰는 건 사실 별로 어렵지도 않았으며, 그럼에도 완성도는 이백의 시와 비슷하다는 놀라운 자긍심. 우리는 이와 비슷한 자긍심을 이미 균에게서 여러 차례 느낀 바 있다. 임금 앞에서도 할 말을 다했던 봉의 태도 또한 다르지 않다. 세 남매는 천재 특유의 대단한 자긍심을 지녔던 이들이었다는 사실, 나쁘게 말하면 가히 안하무인이었다는 사실만큼은 꼭 기억하는 게 좋겠다.

누이의 놀라운 재능을 확인한 봉이 가만히 있었을 리 없다. 봉은 곧바로 스승을 붙여 주었는데 그 사람이 바로 이달이다. 이달이 병 주고 약 주기, 아니 약 주고 병 주기의 달인이었음은 앞에서 잠깐 밝힌 바 있다. 선생 이달의 능력은 확실히 뛰어났다. 단순히 시를 가르치는 능력만을 말하는 것이 아니다. 이달은 자긍심이 지나치게 높은 희와 균 남매를 가르치면서 반발은커녕 엄청난 존경을 끌어냈다. 균이 남긴 글에는 이달에 대한 애틋한 마음이 참으로 솔직하게 드러난다.

이달은 용모에 거의 신경을 쓰지 않았다. 성품은 호탕해서 적당한 선에서 멈출 줄을 몰랐으며 그러다 보니 세속의 예의범절에도 서툴러 늘 세상과 어긋났다. 고금의 이야기 하기를 즐겼고, 산수가 아름다운 곳에서는 늘 술을 마셨고, 왕희지처럼 글씨를 잘 썼다. 마음은 텅 비어 경계가 없었고, 자연스레 생업에는 관심이 없었다. 그를 좋아하는 이들도 많았지만, 평생을 떠돌며 걸식하는 것에 대해선 천하게, 한심하게 여기기도 했다. 곤궁한 운명으로 늙어 간 건 분명 그가 시인이었기 때문이다. 그러나 몸은 곤궁해도 불후의 작품을 남겼으니, 어찌 한 시절의 부귀와 명예를 바꿀 수 있겠는가? 지은 글들은 거의 다 사라져 버렸다. 내가 남은 작품을 가려서 네 권의 책으로 만들어 세상에 전했다.

이달은 평생을 불우하게 살았다. 태생이 그의 일생을 결정했다. 이달의 어머니는 기생이었던 것! 기생의 아들이었기에 멸시는 따 놓은 당상, 그랬기에 관직 같은 것은 일찌감치 포기하고 떠도는 시인이 되었던 것! 문제는 우리의 감수성 뛰어난 남매가 이달의 불행을 가슴 깊이 담아 두었다는 사실이다. 영향도를 숫자로 측정하자면 희가 균보다는 훨씬 더 높았던 것 같다. 희의 시가 대체로 어두운 데에는 이달의 영향이 어느 정도는 존재한다. 물론 다른 이유가 훨씬 더 크지만……. 우선은 시 이야기를 더 하기로 하자. 봉은 그 시대 일반적인 사대부 남성과는 다르게 시 쓰는 누이 희를 초지일관 지지하고 격려했다. 1582년 봉은 두 차례에 걸쳐 희에게 값비싼 붓과 두보의 시집을 보낸다. 함께 보낸 시와 문장에는 희를 아끼는 마음이 잔뜩 묻어난다.

두보의 소리가 내 누이의 손에서 다시 나오기를 바란다.

(내가 선물한 문방사우로 누이는) 오동나무를 바라보며 달빛도 그리고, 등불 켜 놓고 물고기도 그리겠지.

이제 막 스물이 된 희는 감격했다. 울컥했다. 그래서 글을 썼다.

언제나 다정한 오빠이지만 올해는 유난히 내게 더 마음을 쓰신다. 두보를 읽어 두보처럼 훌륭한 시인이 되고, 값비싼 붓으로 좋은 그림을 그리라 하신다. 아아, 오빠는 내 고독한 처지가 안타까우신가 보다.

기쁨과 슬픔이 골고루 섞여 있는 이 글을 통해 우리는 당시 희의 심정을 유추해 볼 수 있다. 희는 대략 15세에 결혼했다고 전해진다. 남편은 김성립이라는 사람이었는데, 균이 남긴 글을 통해 김성립이 어떤 인간인지를, 정확히 말하면 균의 눈에 김성립이 어떻게 보였는지를 어느 정도 짐작할 수 있다.

세상에는 문리가 모자라는데도 글을 짓는 이들이 있다. 김성립이 바로 그렇다. 그에게 경전이나 역사책을 읽어 보라고 하면 어버버버 혀도 제대로 놀리지 못한다. 그러나 과거시험 답안지만큼은 기가 막히게 잘 썼다.

　혹평치고도 수위가 대단히 높다. 한마디로 말해 김성립은 과거시험 답안지를 외워서 쓰는 잔재주나 가졌을 뿐 제대로 된 글은 읽지도 이해하지도 못한다는 것이다. 남아 있는 자료로 볼 때 균의 평이 객관적이지는 않다. 김성립은 명문 안동 김씨 집안의 후손으로 할아버지 김홍도는 문과에 장원으로 급제했고, 아버지 김첨 또한 문과에 급제해 요직을 오가며 봉과 가깝게 지냈으며, 당사자인 김성립 또한 문과에 당당히 급제했다. 젊었을 때부터 가까이 지냈던 이로는 문장가로 유명한 신흠이 있으니 끼리끼리 노는 법이라는 유유상종의 단순한 논리로 볼 때도 균의 평과는 거리가 있다. 그런데 왜 균은 김성립을 매섭게 비난했을까? 이유는 의외로 단순하다. 희가 김성립을 싫어했기 때문이다. 증오했기 때문이다. 감정적인 균은 분명 희의 감정을 자신의 것으로 흡수해 받아들였을 것이다.

　희가 처음부터 김성립을 싫어했던 것은 아니었다. 신혼 시절의 재미있는 일화가 있다. 그즈음 김성립은 신흠을 비롯한 여러 친구와 함께 한강이 보이는 서재에서 과거 공부를 했다. 그런데 친구 중 한 명이 희에게 댁의 남편은 지금 기생과 놀고 있다는 거짓 메시지를 보냈다. 희의 반응을 떠보려는 심산이었을 것이다. 희는 안주, 그리고 술병을 보냈다. 술병에는 다음과 같은 시가 적혔다.

낭군은 그쪽에는 무심하신 분

그대들은 어떤 분들이기에 이간질을 하시는가?

의연한 대처에 아마도 친구들이 더 당황했을 것 같다. 그 와중에
도 신흠은 문장가답게 한마디를 남겼다.

부인이 시에도 능하고 기상도 호방함을 비로소 알게 되었다.

·

겉보기엔 통쾌하고 유쾌한 이 일화에서 나는 불행의 싹을 본다.
뭐랄까, 청년들의 저급한 장난에 고수의 솜씨로 대응한 것이다. 제
삼자 신흠은 시와 기상을 칭찬할 수 있었지만, 김성립도 과연 그랬
을까? 신혼인 김성립이 아내보다 친구들을 더 좋아했으며, 아내와
그다지 친밀하게 지내지 않았다는 사실도 함께 놓고 생각해 보면
어느 정도 답이 떠오른다. 김성립은 희가 불편했던 것이다.

우리는 희의 성격이 평범한 쪽과는 거리가 멀다는 것을 알고 있
다. 어릴 때부터 자긍심이 높았던 성격이 갑자기 바뀌었을 리는 없
다. 병에 써 보낸 답장만 봐도 여전히 대단한 자신감으로 가득 차
있음을 알 수 있다. 또 하나, 희가 지금껏 만났던 남자들의 수준을
고려해 보아야 한다. 희에게 가장 큰 영향을 미친 남자는 봉, 그리
고 이달이다. 두 사람 다 최고 수준의 문장가이며 엄청난 문학적 감
성을 지닌 천재들이었다. 막내인 균은 또 어떤가? 성격은 경박해도

머리만큼은 빼어난 동생이다. 집안에서는 평범한 인물 취급을 받는 성 또한 여타 가문이었다면 보기 드문 인재로 추앙받았을 것이다. 김성립은 달랐다. 문학엔 별 취미가 없었고, 과거 공부를 한다는 명목하에 친구들과 놀기를 좋아하는, 겉은 멀쩡한 어른 같아도 속은 여전히 어린아이 수준이었다. 김성립도 바보는 아니니 희가 자신을 어떤 사람으로 평가하는지는 쉽게 눈치챘을 것이다. 그렇기에 자꾸 신혼집을 빠져나오려 애를 썼던 것일 테고.

이야기가 나온 김에 훗날 균과 신흠 사이에 있었던 일을 언급하는 게 좋겠다. 균이 종사관이 되어 의주에 머물 때 신흠도 함께 있었다. 둘은 꽤 자주 만났다. 이야기하는 쪽은 균이었고, 듣는 쪽은 신흠이었다. 신흠은 균의 박학다식에 탄복했다.

유교, 불교, 도교 책을 두루 인용하며 짚는 곳마다 시원하게 해석했다. 당해 낼 사람이 없었다.

균에 대한 칭찬 같지만 사람 말은 끝까지 들어야 한다. 신흠은 다른 이들에게는 이렇게 말했다.

이자는 사람이 아니다. 생긴 것부터 평범하지 않다. 여우, 너구리, 뱀, 쥐의 정령이 변해서 된 존재일 것이다.

신흠의 증언을 기록으로 남긴 이는 유몽인이다. 유몽인은 자신이 문장을 무척 좋아하는 사람이지만 평생 균은 가까이 하지 않았다는 말로 기록을 마무리한다. 그런데 위의 기록에는 약간의 문제가 있다. 신흠은 인격과 문장에서 꽤 깊이가 있는 사람이었다. 신흠의 글을 번역한 연구자는 다음과 같은 평을 남겼다.

그는 강한 목소리를 내며 하나의 생각을 향해 돌진하는 작가가 아니다. 자신의 생각을 내세우기 전에 다른 사람의 이야기를 먼저 받아들이고, 자신과 타자와의 차이점을 발견하기보다는 공통점에 관심을 가지는 작가다.

신기하게도 유몽인의 글에 등장하는 신흠은 연구자가 본 신흠과 공통점이 전혀 없다. 그렇다면 유몽인은 어떤 사람이었을까? 유몽인은 자유분방하면서도 올곧은 사람이었다. 당쟁이 격심해지는 상황에서도 어느 한쪽에 서지 않았다. 오죽하면 번역서의 제목이 '나 홀로 가는 길'이겠는가? 그런데 유몽인은 자기 글에 대한 애정이 남달랐던 것 같다. 자신을 칭찬하는 이들의 평을 참으로 자세히 기록했다.

차천로의 아우 차운로는 문장에 조예가 깊었다. 내 시들을 여러 날 읽은 후 말했다. "지금 세상에는 이 글을 알아볼 자가 없다. 아는 자만이 알 것이니, 훗날 오래도록 견줄 바가 없을 것이다."

성여학에게 좋은 작품을 뽑아 달라고 부탁했다. 그가 말했다. "다른 사람은 감히 손댈 수가 없습니다. 내가 우리나라 문집을 많이 보았지만, 공과 같은 대가는 없습니다."

문학에 일가견이 있으며 말하기 좋아하는 균이 유몽인의 글을 그냥 넘겼을 리 없다. 균은 유몽인과 최립의 문장을 비교해 달라는 누군가의 요청에 이렇게 말했다. "최립의 문장은 노련하고 신묘합니다. 유몽인은 전혀 미치지 못합니다."

나에게는 한 가지 가설이 있다. 유몽인은 어쩌면 균을 질투했던 것은 아닐까? 균의 문장에 반해 가까이 다가갔다가 혹평에 놀라 큰 상처를 받았던 것은 아닐까? 유몽인이 남긴 이 증언에 대한 해석은 여러분에게 맡긴다.

*

불행은 혼자 오지 않는 법이다. 시어머니는 희를 무척 미워했다. 원래도 좋을 수 없는 사이인데 아들과 사이가 좋지 않은 며느리이니 미움을 숨기려 노력하지도 않았다. 설상가상 희는 아이들을 차례로 잃었다. 결혼 생활에서 생길 수 있는 최악의 일을 모두 겪은 셈이다.

백척간두의 위기에 선 희를 돕는 봉의 방식은 정확히 봉답다. 붓과 시를 보낸 것이다. 문학으로 삶을 바꿀 수 있다는 이 집안의 고결한 믿음! 그러나 희는 너무 지쳤다. 이른 나이에 기쁨을 모두 잃었다. 희의 글을 다시 읽어 보자. 실제로 하고 싶었던 말은 어쩌면 마지막 한 줄뿐이었으리라.

언제나 다정한 오빠이지만 올해는 유난히 내게 더 마음을 쓰신다. 두보를 읽어 두보처럼 훌륭한 시인이 되고, 값비싼 붓으로 좋은 그림을 그리라 하신다. 아아, 오빠는 내 고독한 처지가 안타까우신가 보다.

끝없이 자신을 격려하던 봉이 유배지로 떠나자 희는 조금씩 무너졌다. 좌절에 빠졌다. 홀로 견디고 견디던 희는 1585년의 어느 봄날 꿈을 꾸었다. 광상산에서 선녀들과 노니는 꿈이었다. 희는 꿈을 기록해 균에게 보냈다.

꿈속에서 바다 가운데 솟은 산에 올랐다. 온통 구슬과 옥으로 된 산이었다. 겹겹으로 싸인 봉우리들에는 흰 구슬이 가득했는데 눈이 부셔서 똑바로 바라볼 수가 없었다. 무지개구름이 봉우리로 다가왔다. 오색이 영롱했다. 구슬 같은 폭포 몇 줄기가 계곡의 바윗돌 사이로 쏟아졌다. 옥 구르는 소리가 났다.

편지를 받은 균은 깜짝 놀랐다. 아름다웠으나 위태로운 꿈이었다. 신선 세계를 그리워한다는 것은 무슨 뜻인가? 현실에서 즐거움을 전혀 느끼지 못한다는 것이었다. 문장들 또한 아슬아슬했다. '꼭대기에는 맑고 깊은 연못이 있었다. 연꽃이 잎이 무척이나 컸는데 서리를 맞아 반쯤 시들어 있었다.'

왜 하필 시든 꽃일까, 염려하며 균은 계속 글을 읽었다. 그러다가 마지막에 덧붙인 시를 읽고는 그만 놀라서 자리에서 일어나고 말았다.

연꽃 스물일곱 송이 붉게 떨어지니
달빛 서리 아래에서 차갑기만 하다

시에는 병과 죽음의 기운이 너무나 뚜렷했다. 23세 여인의 시라고 보기에는 너무 어둡고 무거웠다. 기분 같아서는 당장 누이에게 달려가고 싶었다. 그러나 희는 출가외인이었다. 글이 어둡다는 이유로 찾아가기에는 명분이 약했다. 예절 따위에 구애받지 않는 균이었다. 하지만 시어머니와의 불편한 관계 또한 알기에 누이에게 괜한 피해를 주고 싶지는 않았을 것이다. 그래서 균은 위로의 편지를 썼을 것이다. 균 특유의 감성이 돋보이는 따뜻한 편지를 썼을 것이다. 균이 보냈을 편지는 아쉽게도 전하지 않는다.

먼 길을 돌아왔다. 이야기의 흐름을 다시 원래의 자리로 되돌린다. 결론은 이렇다. 균은 정체 미상의 소년 금 군의 실체를 파악하기 위한 조사를 본격적으로 할 수가 없었다. 과거 공부와 결혼(기방 출입도 빼놓을 수는 없고), 그리고 누이의 불행한 결혼 생활을 염려하느라 바빠도 너무 바빴다.

*

하지만 우리가 내린 결론에는 문제가 있다. 과거 공부와 결혼, 그리고 누이 희의 불행한 결혼 생활이 금 군의 정체를 파악하는 일을 멈추게 했다고 보기는 어렵다는 뜻이다. 부분적으로는 타당하나 핵심 사안으로 삼기는 부족하다는 뜻이다. 그렇다면 핵심은 무엇일까? 균의 마음을 들끓게 한 편지를 보낸 당사자 봉이 유배 상태였다는 점에 있다고 보는 것이 합리적이겠다. 원인 제공자가 전혀 움직일 수 없는 상태이니 진전 또한 없었던 것. 그러기에 1585년 6월에 이루어진 봉의 해배는 봉에게도, 균에게도 무척이나 중요한 사건이었다.

해배가 어떻게 이루어졌는지, 조금 자세히 살펴보려 한다. 의미심장한 인물들이 다수 참여한 논의 과정도 흥미로운 데다가 그 결과 이루어진 해배가 통상적인 것과는 조금 달랐기 때문이다.

해배를 처음 입에 올린 이는 뜻밖에도 이이다. 선조의 만류에도 끝내 병조판서를 사임했던 이이는 약 3개월 후 이조판서에 임명되었다. 여러 번 거절하다 수락한 이이가 선조 앞에서 꺼낸 것은 바로 봉의 이름이었다.

봉은 간사한 사람이 아닙니다. 성격이 가볍고 일 만들기를 좋아할 뿐입니다. 그의 재주가 아깝습니다.

이이의 짧은 표현은 봉에 대해 많은 것을 시사한다. 봉의 성격은 우리가 아는 균의 성격과 판박이다. 가볍다, 일 만들기 좋아한다는 건 훗날 균이 가장 자주 들었던 비난이었다. 균이 봉의 그림자 되기를 소망했던 이유 또한 자연스럽게 설명된다. 봉의 단점은 균에게는 장점이었을 것이다. 봉은 균이 닿을 수 있는 가장 완벽한 모델이었다. 재주가 아깝다는 이이의 말 또한 빈말은 아니다. 이이는 조선 시대 인물 중 가장 완벽한 과거 경력을 지닌 사람이었다. 과거에 아홉 차례 장원으로 급제했기에 구도장원공으로 불리던 이가 바로 이이였다. 7세 때 '진복창 전'을 짓고 8세 때 시 '화석정'을 지어 문명을 날렸다는 사실도 말하고 싶다. 우리는 이와 비슷한 경력을 지닌 이를 이미 살펴본 적이 있다. 바로 봉이다. 하지만 여러 경력으로 볼 때 이이는 봉보다도 더 천재적인 인물, 학문과 인격에서 한 차원 더 업그레이드된 인물이었다.

천재는 천재를 알아보는 법이다. 이이는 내가 앞에서도 언급한 어느 프로야구 감독처럼 눈이 매우 높았다. 이이는 대학자 이황의 학문마저도 내심 못마땅하게 여겼다. 그런 이이의 눈에 재주가 보였다는 건 보통 일은 아니다. 참으로 흐뭇한 장면 아닌가? 자신보다는 못하지만 그래도 천재에 가까운 후배를, 다른 사람도 아닌 탄핵당한 당사자가 직접 나서서 풀어 달라고 하니 말이다. 선조가 이이의 말에 귀 기울였다면 조선의 역사는 달라졌을 수도 있다. 조금 과장해 말하자면, 당파를 넘어선 천재 선후배의 아름다운 우정이 동서 분당의 비극을 끝낼 수도 있었다는 이야기다. 하지만 선조는 선조였다. 선조는 콤플렉스가 참 많았고 맺힌 감정을 쉽사리 풀지 않는 옹졸한 인간이었다. 선조는 이이의 요청을 단호하게 거절했다. 결국 이이는 봉의 해배를 보지 못한 채 1584년 1월, 세상을 떠났다.

이이로부터 바통을 넘겨받은 이는 정철이었다. 그렇다, 〈관동별곡〉, 〈사미인곡〉, 〈속미인곡〉 등의 빼어난 가사를 쓴 바로 그 정철이다. 기회가 되면 정철이 쓴 가사들을 한번 읽어 보기 바란다. 내 개인적인 의견을 밝히자면, 21세기인 지금도 정철만큼 우리말을 잘 다루는 시인은 몇 안 된다고 생각한다. 속되게 표현하자면 정철은 그야말로 우리말을 갖고 놀았다. 메시가 축구공을 다루듯, 오타니가 야구공을 찢어 버리듯. 가사 문학의 황제 정철은 이이가 죽자 그다지 문학적이지는 않은 건조한 문장 몇 개로 봉의 해배를 요청했다.

봉을 죽을 땅에 둔 것에 대한 여론이 좋지 않습니다. 참작해 주셨으면 합니다.

이이의 요청도 거절한 선조가 한낱 정철 따위(?)의 요청을 받아들였을 리는 없다. 선조는 예상대로 거절했다. 그런데 정철의 이 요청은 진실성 측면에서 약간의 시빗거리가 있었다. 봉을 유배시키자고 강력히 주장했던 이가 바로 정철이었기 때문이다.

죄를 분명히 밝히고 시비를 가려 주소서.

머리 좋은 선조는 분명 봉을 유배시키려 할 때 정철이 했던 말을 기억하고 있었을 것이다. 그랬기에 정철의 요청은 애당초 씨알도 먹히지 않는 짓이었다. 정철은 불과 5년 후인 1589년 기축옥사의 주연으로 활약하며 동인 천 명 가까이 처형하는 일에 앞장서 선조의 판단이 틀리지 않았음을 입증했다. 문장가 정철과 정치가 정철은 완전히 다른 사람이었다. 그 누구보다 아름다운 우리말을 구사한 문장가는 정적들을 상대할 때는 험한 말과 태도로 일관, 그야말로 죽을 때까지 몰아붙였다. 이중인격자 정철을 이해할 수 있는 단서가 아예 없는 것은 아니다. 정철의 나이 10세 때 정철의 아버지는 을사사화에 연루되어 함경도로 유배되었다. 수도 서울에서 곱게 자란 부잣집 도령 정철은 아버지를 따라 함경도로, 경상도로, 전라도로 떠도는 생활을 6년 동안 했다. 아마도 정철은, 역시 이성보다는 감성이 발달했던 정철은 십대 때 경험했던 이 6년을 결코 잊지 못했을 것이다. 그랬기에 사안이 터질 때마다 이성보다 감성으로 대응했고, 그 결과 대량 학살자가 된 것이다. 우키요에의 대명사 호쿠사이는 90세에 사망했다. 죽기 직전 호쿠사이는 '10년만 더 살았으면'으로 시작하는 유언을 남겼다고 한다. 그 당시 90년을 살았으면 장수한 것인데 그래도 여전히 생에 미련이 남았던 걸까? 이어지는 유언은 다음과 같다. '5년이라도 더 살았다면, 진정한 화가가 될 수 있었을 텐데.'

과연 정철은 죽기 직전 어떤 유언을 남겼을까? 쓰지 못한 가사에 대한 열망이었을까, 아니면 자신이 휘두른 칼날에 유명을 달리한 이들에 대한 사과였을까? 그리고 그 유언은 과연 문학적이었을까, 정치적이었을까?

정철과 정반대로 유배 생활을 해석한 이가 존재한다. 1545년, 31세의 노수신은 을사사화에 연루되어 유배 생활을 시작했다. 1543년 문과에 장원 급제를 했으니, 관직을 경험한 지 2년밖에 되지 않는 햇병아리였다. 금세 끝날 줄 알았던 유배는 무려 22년, 즉 1567년까지 이어졌다. 31세 청년 노수신은 53세의 중년이 되어서야 자유를 얻었다. 노수신이 정철이었다면 그의 마음속엔 분노와 적의만이 가득했을 것이다. 노수신은 정철과는 달랐다. 20년이 넘는 세월을 독서와 명상으로 보냈다. 《논어》와 두보 시집을 2천 번 이상 읽었다고 한다. 유학과 문학은 분노 대신 깨달음을 주었다. 제대로 살아간다는 것이 과연 무엇인가 하는 깊은 깨달음. 인생은 결국 한 편의 시, 또는 소풍에 지나지 않는다는 멋진 깨달음. 선조의 부름을 받고 돌아온, 어느덧 칠십을 넘긴 달관자 노수신이 1585년에 영의정 자리에 있었다는 것은 봉에겐 행운이었다. 1585년 2월, 노수신은 선조에게 봉의 해배를 요청했다.

하늘의 천둥과 번개도 노여움으로 하루를 넘기지 않습니다. 너그럽게 용서해 주시기를 바랍니다.

이 얼마나 멋진 문장인가? 노수신이라는 사람의 인격이 그대로 드러난 문장이다. 22년을 유배지에서 보냈는데 증오와 악의는 어디에도 없다. 부디 여러분도 시간이 되면 《논어》와 두보 시집을 반복해 읽으시라. 그런데 이 아름다운 요청에도 사소한 시빗거리는 있었다. 노수신의 건의는 한편으로는 오해받을 여지가 많았다. 노수신은 동인이었고, 봉의 아버지 엽의 친구였다. 그러나 노수신의 건의가 사적인 인연에서 비롯되었다고 생각하는 이는 선조를 포함해 아무도 없었다. 노수신이 살아온 삶이 그러한 오해를 원천적으로 불가능하게 만들었다. 다시 말한다. 《논어》와 두보 시집을, 이천 번씩만 읽으시라.

노수신의 요청이 이어지자, 선조도 드디어 생각을 바꾸었다. 노수신이 노수신이듯 선조는 선조였다. 1585년 6월, 선조는 봉의 해배에 동의했다. 그러나 선조는 봉에 대한 해묵은 감정을 여전히 버리지 않았고, 그 결과 자신의 고집을 반영한 독창적인 안을 내놓았다.

봉은 용서할 수 없는 죄를 지었다. 그랬기에 유배형을 내려 봉 같은 이들이 사사로운 마음을 품고 날뛰지 않도록 경계한 것이다. 스스로 죄를 지은 자는 벌을 면할 수 없는 법이다. 하지만 영의정이 간곡히 요청하기에 뜻을 굽힌다. 풀어 주되, 외방에만 머물게 하라.

해석하자면, 자신은 죄를 지은 자 봉을 절대로 용서할 생각이 없었다는 것이다. 노수신의 의견을 받아들여 풀어 주기는 하지만 죄인은 여전히 죄인이니 서울에는 돌아오지 못하게 하라는 뜻이다. 감정을 듬뿍 담은 판결, 너무나도 선조다운 행동이었다. 훗날 선조는 이순신에 대해 일반의 상식으로는 도무지 이해할 수 없는 평을 하고 조처를 내린다. 이제 여러분은 알 것이다. 선조의 입장에서는 그 또한 완벽한 논리와 감정에서 나온 결론이었음을.

*

유배지에서 풀려난 봉은 균이 쓴 표현에 따르면 백운산에 거처를 마련한 후 '오늘은 인천, 내일은 춘천에 머물렀다. 산과 물 사이를 떠돌며 유유자적 시간을 보냈다.' 인천에 머물던 봉은 균에게 아름다운 시 한 편을 보내기도 했다.

맑고 고요한 은하수가 땅까지 이어진다
한밤중 차가운 서리는 버들가지에 앉았다
한강 물은 푸른 바다에 이어지는데
왜 아우는 밀물에 실어 답장을 보내 주지 않을까?

막내이자 아들 같은 균을 그리워하는 봉의 애틋한 마음이 잘 드러난 시다. 우리의 감성적인 주인공 균은 이 시를 읽자마자 분명 크게 울컥했을 것이고. 그런데 여기서 한 가지 의문이 든다. 균은 왜 봉을 당장 만나러 가지 않은 걸까?

시에 따르면 봉은 균에게 이미 적어도 한두 통의 편지를 보냈다. 그런데 왜 균은 답장조차 제대로 하지 않은 걸까? 그 누구보다 봉을 닮고 싶어 했으며 기꺼이 봉의 그림자가 되고 싶어 했던, 이성보다 감성이 발달해, 남보다 명민했음에도 깊이 생각하지 않고 몸부터 움직이곤 하던 균의 행동으로는 조금 이상하지 않은가? 백운산이 멀리 있는 것도 아니다. 서울 중심부에서부터 계산하면 100킬로미터 내외다. 자동차가 없던 시절이니 적지 않은 시간은 걸렸겠지만, 마음만 먹으면 못 갈 곳은 전혀 아니다. 그런데 왜 균은 봉에게서 편지를 받자마자 백운산으로 달려가지 않았을까?

균은 '갓 장가를 들었기 때문에'라는 조금은 치졸한 핑계를 댄다. 하지만 우리는 이미 균이 결혼 후에도 기방 출입을 중지하지 않았음을 알고 있다. 결혼 생활에 남들만큼 전심전력하지 않았음을 잘 알고 있다. 그런데 갓 장가를 들었기 때문에 봉을 보러 가지 않았다? 시집간 누이 희의 우울한 시 한 편에도 온갖 근심 걱정을 드러내며 위로의 편지를 써 댔던 균이었음을 생각하면 도무지 받아들이기 어려운 이유다. 그렇다면 진실은 무엇일까? 신혼 핑계를 댄 균의 문장에 비밀을 풀 수 있는 단서가 들어 있다. 17세 소년 균이 쓴 문장은 정확히 다음과 같다.

유배지에서 돌아온 작은형은 백운산에 머물며 글을 읽었다. 금 아무개란 자가 형을 찾아갔다는 소문을 들었다. 나는 갓 장가를 들었기 때문에 함께 어울리기가 어려웠다.

그렇다! 문제는 금 아무개였다!

균이 금 아무개라고 쓴 사람이 2년 전 봉이 언급한 금 군과 같은 사람인지 우리는 정확히 알 수가 없다. 오늘날 금씨는 희성이다. 1985년 행해진 조사에 따르면 총인구는 2만 355명으로, 274개의 성 중 83위를 차지했다고 한다. 유명인으로는 금난새(지휘자), 금민철(야구선수), 금새록(배우) 등이 있다. 금보라(배우), 금잔디(가수) 씨는 실제로는 금씨가 아니라고 한다…… 희성인 것은 사실이나, 그렇다고 해서 금 군과 금 아무개가 꼭 동일인이라 말할 근거는 없다. 하지만 우리는 금 아무개가 바로 금 군이라는 강력한 느낌을 받게 된다. 이유는 단 하나, 균의 유난히 민감한 반응 때문이다. 금 아무개, 소문 등 웬지 본인과 한 발짝 거리를 두는 듯한 냉정한 용어는 균이 이 사안을 평범하지 않게, 실은 엄중하게 받아들이고 있다는 사실을 시사한다. 그 뒤에 이어진 장가 펑계도 전혀 균답지 않다. 균은 변명하는 사람은 절대 아니었으므로. 그렇기에 우리는 이 시기 균에 대해 다음과 같은 결론을 내릴 수밖에 없다. 균은 금 아무개의 존재, 벌써 두 번이나 작은형 곁에서 모습을 드러낸 금 아무개를 강하게 의식하고 있었다고, 본 적도 없고, 집안과 나이도 모르며, 어떤 인간인지도 전혀 짐작할 수 없는 금 아무개에게 미움, 시기, 질투, 적의 등 하나의 단어로 정의하기 어려운 강력하고도 복합적인 감정을 품었다고.

*

먼저 행동에 나선 것은 균이 아닌 금 아무개였다. 어느 날 편지 한 통이 균에게 도착했다. 겉봉에는 보낸 이의 이름 '각'이 적혔다. 우리의 균은 드디어 상대의 이름을 알게 되었다. 각.

이름조차 위엄이 있었다. 유아독존의 생을 살아온 균은 이름을 확인하는 순간 조금 어지럼증을 느꼈고 그래서 숨을 깊게 들이마셨다. 간단한 정비를 마친 균은 서둘러 봉투를 열어 편지의 본문을 읽었다. 읽기 시작하자마자 균의 체온은 올라갔다. 얼굴은 붉어졌고 뜨거운 감정에 사로잡혔다. 편지의 내용이 도전적이었다고 생각할 수도 있겠다. 자부심을 넘어선 위악적이고 터무니없는 자만으로 가득 찼다고 생각할 수도 있겠다. 실은 정반대였다. 편지는 흠잡을 곳 하나 없이 단정했다. 문장은 간결했고 어딘지 예스러우면서도 논지는 명확했다. 편지의 내용을 정확히 알 수는 없다. 각에 관한 한 균은 증거를 거의 남겨 놓지 않았기에. 훗날 균이 회상한 바에 따르면 편지를 읽었을 때의 느낌은 대략 다음과 같았다.

단정한 해서체로 또박또박 쓴 편지였다. 글은 간결했고 논리는 분명했다. 풍자가 많은 편이었는데, 그 때문인지 옛사람이 쓴 글의 느낌을 주었다.

중요한 건 각이 편지를 보낸 이유일 터. 각은 두 개의 문장으로 자신의 마음을 드러냈다.

만나기가 어렵군요.
백운산에 함께 갑시다.

마치 균의 마음을 읽은 듯한 문장들이었다. 균의 말대로 각의 글은 간결했고 논리는 분명했다. 그렇다. 각은 균에 대해 잘 알고 있었다. 적어도 균이 각을 아는 것보다는 훨씬 많은 것을 알고 있었다. 균에 대한 각의 지식이 풍부한 것은 전혀 이상하지 않았다. 균의 가문은 손꼽히는 명문가였고, 봉, 희, 균 삼 남매의 엄청난 문학적 재능은 알 만한 사람이면 다 아는 사실이었다. 균이 놀란 건 '백운 산에 함께 가자'는 단도직입적인 문장이었다. 균과 봉의 관계를 다 알고 있는 듯한 거침없는 문장이었다. 간결하나 핵심을 곧바로 찌른 날카로운 문장이었다. 균은 편지를 가져온 하인에게 물었다. 지금 각은 어디에 있느냐.

각은 서울에 있었다. 편지의 문맥으로 볼 때 잠깐 서울에 들른 것 같았다. 준비를 갖춰 다시 백운산으로 갈 생각인 것 같았다. 균 은 마음을 먹었다. 일단 마음을 먹은 균은 미적거리지 않았다. 피한 다고 해결될 일은 아니었다. 제대로 싸우려면 상대가 어떤 인간인 지 확실히 알아야 했다. 균은 하인과 함께 각을 향해 갔다. 주먹을 불끈 쥐고 각에게 쳐들어갔다. 이렇게 해서 균은 처음으로 각을 만 나게 된다. 정확한 날짜는 알기 어렵다. 아마도 1585년 늦가을 무렵 이었을 것이다. 균이 처음으로 금 군의 존재를 인지한 지 2년이 훌 쩍 넘은 시점이었다.

*

균과 각의 역사적인(?) 첫 만남을 자세히 쓰고 싶다. 하지만 불가 능하다. 균이 이 만남에 대해 남긴 글은 단 한 줄뿐이다.

나는 급히 그가 살고 있는 집을 찾아가 가깝게 사귀었다.

균은 평생 사람에게 관심이 많았다. 자신이 만난 이들에 대한 느낌을 상세한 기록으로 남겼다. 그런데 각에 대해서는 유독 인색하다. 만나자마자 가깝게 사귀었을 정도라면 첫눈에 끌렸다는 것이고, 마음에 쏙 들었다는 것이고 그렇다면 첫 만남의 정황은 상세하게 기록하는 게 인지상정일 텐데 균의 문장은 참으로 짧다. 자신이 좋아하는 이에게 유난히 호들갑스러웠던 균의 문장으로는 어울리지 않는다. 그저 일어난 사실만을 담담하게 적었을 뿐이다. 그렇기에 의심스럽다. 균의 문장이 사실이기는 한가? 정말 균은 처음 만난 그날부터 각과 가깝게 사귀게 되었는가?

근거 없는 추측과 질문만을 연발할 수는 없다. 균이 말하지 않았다고 그렇군, 하고 고개나 끄덕이며 마냥 입 다물고 있을 수는 없다는 뜻이다. 다행히 균은 훗날 각을 추모하는 글을 썼고(이 또한 정확히 말하면 균이 원해서 쓴 것은 아니었다!) 그 글을 자세히 살피면 첫 만남에서 어떤 문답이 오갔는지 대략은 추측할 수 있다. 먼저 균은 의례적인 인사를 통해 그토록 원했던 각의 나이와 집안에 대해 알게 되었을 것이다. 각의 나이를 들었을 때 균은 또 한 번 체온의 상승을 느꼈다. 각은 15세 소년이었다. 균보다도 두 살이나 어린 소년이었다. 그렇다면 각이 처음 봉을 만난 건(금 군을 각으로 여긴다면) 13세 때의 일이었다는 뜻이다. 균이 하늘처럼 바라보며 닮고 싶어하는 작은형 봉은 13세 소년 각에게, 머리에 피도 마르지 않은 어린 소년 각에게 빼어나다는 표현을 쓴 것이다!

더 열이 오르는 건 각이 전혀 15세 소년 같지 않았다는 것이다. 각은 그의 문장과 똑같았다. 몸이 마르고 키가 컸는데 눈이 유난히 맑았다. 상대방의 말에 귀를 기울였고, 느리지도 빠르지도 않게 이야기했다. 일견 엄숙하면서도 재기가 넘쳤다. 모르는 사람이 보았다면 각이 형이고 균이 동생이라고 짐작했을 것이다. 균은 나중에 '신선 같았다'라고 썼는데 아마도 과장이 전혀 없는 진심이었을 것이다.

균은 각의 가문이 평범한 수준이었다는 데에 또다시 놀랐다. 각의 아버지는 금난수였다. 예안 사족 금난수는 32세에 생원 시험에 급제한 후 50세에 천거로 제릉 참봉이 되었다. 균과 각이 만났을 당시에도 금난수는 경릉 참봉으로 재직하고 있었다. 우리가 흔히 약간의 멸시를 담아 능참봉이라 부르는 종9품 관직을 지내고 있었다는 뜻이다. 물론 금난수의 뒷배는 그보다는 나았다. 퇴계 이황의 제자이자, 학문으로 손꼽히는 인물 조목의 매제였다. 금난수의 호 성재는 이황이 직접 지어 준 것이었다. 하지만 금난수는 학문 쪽에서는 이렇다 할 두각을 드러내지 못했다. 오죽하면 이황이 무척이나 은근한 말로 과거 공부를 하는 것도 나쁜 선택은 아니라고 했을까?

나는 그대에게 이렇게 말하겠네. 그대가 세상의 실정을 알고 행했으면 하네.

그 때문인지 금난수는 학문에 몰두한 이황의 다른 제자들과 달리 관직 쪽에 유난히 많은 관심을 두었다. 그러나 70세 때 얻은 최종 관직이 종6품 봉화 현감이었던 것을 보면 성취는 크지 않았다. 균의 아버지 엽은 동인의 영수로 최종 관직이 종2품 경상감사였으며, 균이 가문에서 가장 평범한 인물로 여긴 성 또한 이조판서 등을 역임했다. 균의 가문과 비교하면 각의 가문은 평범한 축에도 못 들었다는 것이 올바른 표현이겠다.

그렇다면 이러한 가문의 막내로 태어난 각의 어린 시절은 어떠했을까? 9세 때 시를 지어 문명을 떨치고 집안을 망치리라는 시기 가득한 예언까지 받았던 균에 버금갈 만한 싹이 보였을까? 각은 머뭇거렸다. 이야기할 것이 별로 없다고 했다. 균이 재촉했지만, 각은 여전히 머뭇거렸다. 철없던 시절이어서 지금의 자신과 별반 관계도 없다고 했다. 하지만 균은 집요했다. 궁금하니 꼭 듣고 싶다며 각을 압박했다. 각이 말문을 열기 전 균은 느닷없이 자신이 태어난 동네 건천동을 마치 자신이 홍보대사인 듯 마음껏 자랑했다. 동네까지 끌어오다니 도대체 왜 그랬을까? 아마도 집에 돌아와 가장 후회했던 부분이리라.

건천동에는 모두 서른네 집이 있는데, 이름난 사람이 무척 많이 나왔다. 김종서, 정인지, 이계동이 같은 시대에 나왔고, 양성지, 김수온, 이병정이 그 아래 시대였다…… 아버지 엽과 노수신, 변협이 같은 시대였고, 유성룡, 이순신, 원균, 작은형 봉이 또 같은 시대에 살았다.

 균의 속내는 뻔하다. 균은 불안했던 것이다. 혹시라도 각의 어린 시절이 자신보다 훨씬 더 빛났을까 봐, 싹수부터 성격이 달랐을까 봐 몹시 불안했던 것이다. 그랬기에 어처구니없게도 태어난 동네 자랑까지 하며 자신의 지위를 슬쩍 높이려 애쓴 것이다. 스스로 한심하게 여기면서도 철없는 소년처럼 이것저것 다 끌어다 쓴 것이다. 하지만 어렵게 나온 각의 말을 들은 균은 허탈했고, 속으로 피식 웃었다. 각의 어린 시절은 가문보다 더, 아니 정확히 가문만큼 평범했다. 균은 이때 각이 조금은 수줍어하면서 했던 말, 실은 균에게 떠밀리다시피 해서 했던 말을 다음과 같이 기록했다.

 각은 5세 때 벽에 붙은 주역의 괘상을 보고 바로 외웠다. 물어보니 하나도 틀리지 않았다. 재실을 짓느라 집 안에 일꾼이 여럿 출입했는데 그들의 이름을 모두 외웠다. 9세 때 아버지를 따라 서울의 산수를 둘러보았다. 아버지가 지방 발령을 받자 함께 따라가서 경주의 옛 자취를 둘러보았다……

 처음에 균은 각이 자신의 질문을 잘못 이해했나 싶었다. 그렇지 않았다. 이야기할 것이 별로 없다는 각의 말은 겸손이 아니었다. 각의 어린 시절은 정말로 평범해서 따로 이야기할 만한 것이 없었던 것이다. 균은 속으로 다시 피식 웃었다. 조금 지나자, 화가 났다. 각의 글과 외양과 태도는 간결하고 신중하고 예스러웠다. 특별한 소년, 애어른 같은 소년인 것은 분명했다. 그러나 봉이 느꼈을 빼어난 그 무엇에 대해서는 의문부호가 붙었다. 균은 그래도 혹시나 하는 마음에 각의 학문적, 내지 문학적 성취를 확인했다. 물론 그전에 일종의 안전장치로 자신에 대한 한바탕 홍보를 하는 것도 잊지 않았다. 자신의 문학 스승은 그 유명한 이달이며, 유성룡과도 안면이 있으며, 지난봄에는 한성부 향시 초시에 당당히 합격했다는 그 경력 말이다. 균의 자랑을 들은 각은 이번에도 매우 수줍어하면서 다음과 같이 이야기했다.

13세 때인 1583년에 서울에 올라와 처음으로 소동파 시를 배웠다.
15세에는 봉을 처음 만나 고문과 시를 배웠다.

각이 문학적 성취만을 말한 것은 내놓을 만한 학문적 성취, 즉 과거 급제 같은 경력이 없었음을 의미한다. 15세의 나이를 고려하면 과거 급제 경력이 없는 것은 지극히 당연한 일이었다. 하지만 문학적 성취라고 내놓은 것도 역시 미미한 수준이었다. 13세에 처음으로 소동파 시를 접했다? 지금 농담하나?

우리는 균이 이미 9세 때 시를 지었음을 알고 있다. 그런데 13세에 시를 쓴 것도 아니고 처음으로 소동파를 접했다니 균으로서는 김빠지지 않을 수 없는 정보였다. 하지만 각이 말한 두 번째 정보는 조금 이상했다. 균은 각이 13세 때 봉을 처음 만났다고 거의 확신했다. 그런데 정작 당사자인 각은 15세 때 처음 만났다고 말하는 것이었다. 균은 혼란스러웠다. 그렇다면 균의 직감이 틀린 것일까? 봉이 언급한 금 군은 각이 아니었던 것일까? 균에게는 로또 당첨만큼이나 중요한 문제였다. 다급해진 균이 이 사실을 추궁하다시피 연거푸 묻자, 각은 웃었다. 석가모니의 제자 가섭처럼, 봉래산에 장기 투숙하는 신선처럼 웃었다. 신라 불상처럼 미묘한 웃음을 머금은 채로 각은 묘한 말을 내뱉었다.

어쩌면 스쳐 지나갔을 수도 있겠지요.

각이 눈을 감았고, 균은 생각했다. 각의 말은 긍정인가? 부정인가? 만났다는 것인가? 만나지 않았다는 것인가? 긍정일 수도 있었고, 부정일 수도 있었다. 만났을 수도 있었고, 만났지 않았을 수도 있었다. 긍정과 부정보다 더 놀라운 건 만남에 그다지 큰 의미를 두지 않는 듯한 각의 태도였다.

각이 눈을 떴고, 균은 각을 바라보았다. 봉은 처음 만난 금 군에게 빼어나다는 표현을 썼다. 봉이 금 군에게서 놀라운 인상을 받았다는 뜻이다. 그런데 정작 금 군일지도 모르는 각은 그저 스쳐 지나갔을 뿐이라고 말한 것이다. 이제 균은 확신하게 되었다. 봉이 칭찬했던 금 군이 바로 각이었음을, 각의 무심한 태도와 말로 다시금 확신하게 되었다. 또한 균은 의심하게 되었다. 13세에 소동파 운운한 각의 발언은 아마도 정확한 사실은 아닐 터였다.

봉은 슬슬 퇴각, 아니 자리에서 일어나야겠다고 생각했다. 집으로 돌아가 평범하면서도 만만치 않은 이 소년, 나이도 어리면서 자꾸 형 같은 느낌을 주는 이 소년에 대해 깊이 생각해 보아야겠다고 결심했다. 각의 무릎이 둘 사이에 놓인 서안에 닿았다. 그 바람에 서안이 조금 흔들렸고 아래에 놓였던 편지 한 통이 드러났다. 겉봉에는 봉의 이름이 있었다. 균의 시선을 느낀 각은 봉이 자신의 아버지에게 보낸 편지라고 무심한 목소리로 말했다. 자신은 아직 읽지 않았으나, 읽고 싶으면 읽어도 된다고 균의 마음을 다 아는 듯이 말했다. 균의 손이 생각할 틈도 없이 편지로 향했다. 편지에는 다음과 같이 적혔다.

아드님이 참으로 총명합니다.
또래와는 비교가 안 됩니다.
저는 각의 스승이 될 수 없습니다.
차라리 각이 저의 스승입니다.

*

집으로 돌아온 균이 잔뜩 붉어진 얼굴로 체온을 올리며 기나긴 불면의 밤을 보냈으리라는 예상은 그 누구라도 할 수 있을 것이다. 승부로 치자면 균은 완패했다. 각은 처음부터 끝까지 완벽하게 경기를 운영하며 균을 지배했다. 잠시나마 균이 이겼다고 생각했던 건 순전한 착각이었다. 균의 불안했던 예감은 이제 사실로 드러났다. 각은 자신감으로 충만한 삶을 살았던 17세 소년 균이 만난 최초의 강적이었다. 균을 화나게 하고 질투하게 만들고, 인정하기는 싫으나 조금은 두렵게 만든 유일한 사람이었다. 아아하, 균은 깊은 한숨을 쉬었다. 마지막 작별의 순간이 떠올라서였다. 편지를 내려놓고 도망치듯 밖으로 나오려는 균에게 각은 이렇게 말했다. 편지와 똑같은 어조로 이렇게 말했다.

백운산에 함께 갑시다.

자신의 감정에 반쯤 타 버린 균은 거듭된 원투 펀치에 기력을 잃어 아무 대답도 하지 못했다. 주먹을 꼭 쥐고 눈물을 참아 가며 밤을 꼬박 새운 균은 깨달았다. 자신에겐 선택의 여지도 전혀 없다는 가슴 아픈 사실을 깨달았다. 가지 않는다? 싸워 보지도 못하고 패배를 인정하는 격이었다. 결과가 어떻게 되든 이제는 정면으로 붙어 보는 수밖에 없었다. 하지만 당장은 각도, 봉도 보고 싶지 않았다. 각도 각이지만 봉은 정말로 보고 싶지 않았다. 각에게 스승이라고 하다니, 봉이 원망스러웠다. 생각도 하지 않고 말을 함부로 내뱉는 봉의 습관이, 주위 사람을 전혀 배려하지 않는 봉의 잘난 습관이, 자신과 너무도 닮은, 아니 자신이 봉을 빼닮은 그 습관이 원망스러웠다. 균에게는 시간이 필요했다. 고민 끝에 균은 다음과 같은 답장을, 각의 편지에 비교하면 어딘가 너저분한 답장을 각에게 보냈다.

백운산에 함께 갑시다.
당장은 어렵습니다.
그러니까 갓 장가를 든 처지라서요.
먼저 가 계시면 내년 봄에 따라가겠습니다.

*

1586년 봄, 한 살 더 먹어 18세가 된 균은 결전의 현장이 될 백운산으로 갔다. 균은 단단히 준비하고 백운산으로 향했다. 준비의 방향은 두 가지였다. 마음만 먹으면 그 즉시 써먹을 수 있도록 시와 문장을 공부하는 것이 첫 번째였다. 균은 자신의 특기인 기억력을 최대한 동원해 가능한 한 많은 시와 문장을 머릿속에 집어넣었다. 이 시와 문장들은 각과의 대결에서 분명 제값을 하리라는 게 균의 예상이었다. 아무리 각이라도 무한정 퍼붓는 물량 공세를 이겨 내기는 힘들 거라고 생각했다. 또 다른 방향은 지극히 균다웠다. 만일을 대비한 구원군을 투입한 것이다. 그들의 이름은 심액과 김확이었다.

16세 소년 심액은 심전의 손자였는데, 균은 심전의 외손녀 사위였다. 15세 소년 김확은 균의 처남이었다. 처음에 균은 자신을 유난히 따르는 두 소년을 양쪽에 거느리고 갈까도 생각했다. 하지만 모양이 좋지 않았다. 보여 주기식의 단순 무식한 행동은 애어른 같은 각에게 별다른 감흥을 주지 못하며 한술 더 떠 비웃음을 살 여지가 충분했다. 혼자로는 안 된다고 자인한 셈이니 시작부터 지고 들어가는 모습으로 보일 위험성도 크다. 병법을 아는 우리의 영민한 소년 균은 병력을 나누었다. 간단하면서도 효율적인 전략, 즉 심액을 먼저 보낸 후, 며칠 말미를 두었다가 김확과 함께 가는 것이다. 각은 균이 아니었다. 각의 성격상 균의 인척 관계까지 조사했을 리는 없다. 그러므로 함께 간 김확은 사실대로 처남이라 밝히고, 심액은 그저 친구 사이인데 봉에게 배우기 위해 스스로, 균과는 아무런 상의도 하지 않고, 우연히 나섰다고 소개하면 되는 것이다. 선발대인 심액에게 될 수 있는 한 각과 가까이 지내라고 말해 둔 것은 굳이 강조할 필요도 없으리라. 붙임성 좋은 심액이 주어진 역할을 잘 해냈다면 각은 어느 정도는 심액에 대해 우호적인 감정을 느끼고 속이야기도 조금 털어놓으면서 자신의 편으로 여길 것이다. 즉, 각의 머릿속에는 느슨하나마 2대2의 구도가 펼쳐졌을 것이다. 실은 장성처럼 굳건한 3대1, 즉 시작부터 완전히 편향된 대결이라는 점은 각의 머릿속에는 존재하지 않을 것이다.

자, 이렇게 해서 4인의 소년이 백운산에 모였다. 혈기 넘치는 소년들답게 만나기 무섭게 곧바로 피 튀기는 대결을 벌였을까? 그렇지는 않다. 우리가 다루는 소년들은 조금 미묘한 위치인 각을 제외하면 당대 최상위 계층에 속한 이들이다. 물론 품격으로만 보자면 각이 일 등일 테지만. 어쨌든 만나자마자 무턱대고 쌈박질부터 시작하는 건 이들의 품위에 어울리지 않는다. 더 중요한 이유가 있다. 소년들은 가을까지 머물 예정이었다. 육상으로 치면 100미터가 아닌 마라톤 경기를 펼칠 예정이었다. 초반부터 전력 질주하는 마라톤 주자를 본 적이 있는가? 페이스 메이커도 시작부터 치고 나가지는 않는다. 그랬기에 게임의 규칙을 인지한 품위 넘치는 소년들은 출발 신호가 울리자 느긋하게, 뛰지도 않고 걷다시피 하면서 느긋하고 여유롭게 경기를 시작했을 것이다. 그렇다면 소년들은 이 초반부에 실제로는 어떤 생활을 했을까? 우리가 의지할 이는 전투 의욕에 불타는 균뿐이다. 그런데 균은 백운산 시절에 대해 매우 짧은 기록만을 남겼다.

우리 넷은 아침저녁으로 함께 노닐었다. 잘못이 있으면 서로 바로 잡아 주었다. 우리의 우정은 친형제와 같았다.

별처럼 아름다운 문장들이다. 이 고운 문장들 어디에도 질투와 시기와 불화와 적의의 흔적은 보이지 않는다. 하지만 의문도 든다. 정말 그랬을까? 균이 가졌던 시기와 질투를 포함한 복합적인 감정들은 백운산에 도착해 각을 만나자마자 기적처럼 스르르 녹아 흔적도 없이 사라졌을까? 그렇지는 않을 것이다. 감정은 바이러스와 같다. 이유도 없이 저절로 사라지지는 않는다. 사라졌다 싶다가도 다시 나타난다. 죽었다가도 되살아난다. 그렇다면 인용한 문장들은 도대체 뭐란 말인가? 균이 실제로 일어난 일을 고의로 숨기거나 왜곡했다는 것인가?

그렇지는 않을 것이다. 훗날 거짓말을 밥 먹듯이…… 까지는 아니어도 무척이나 자주 했던 균이지만, 그렇다고 이 시기의 균 또한 그랬으리라고 예단할 수는 없다. 일생일대의 강적 각에게, 그것도 신선 같은 면모를 보이는 애어른 소년 각에게 무턱대고 비열한 술수로 맞섰으리라 추측하기는 힘들다. 훗날에 비하면 아직 순수했던 18세 소년 균은 각과의 대결에서 최선을, 완전히는 아니어도 품위에 어울리는 정정당당한 방법을 써 가며 최선을 다해 이기려 노력했을 것이다.

나는 인용한 문장들을 나누어 살펴볼 것을 제안한다. 문장과 문장 사이에 틈이 있다는 뜻이다. 꽤 많은 시간의 틈이 있다는 뜻이다. 그 시간의 틈 속에 소년들의 냉정하면서도 치열했던 투쟁이 숨어 있다는 뜻이다. 그렇기에 나는 균이 쓴 세 문장을 옛노래 시조처럼 이해한다.

　　초장 : 우리 넷은 아침저녁으로 함께 노닐었다.
　　중장 : 잘못이 있으면 서로 바로잡아 주었다.
　　종장 : 오호라, 우리의 우정은 친형제와 같았다.

　　*

　　초장 : 우리 넷은 아침저녁으로 함께 노닐었다.

　성장기 소년이 집을 떠나 홀로, 때로는 함께 공부하는 것은 오래 전부터 있어 왔던 일이다. 화랑도의 화신이라 할 김유신도 홀로 동굴에서 수련을 쌓았고, 《시》,《상서》,《예기》,《전》을 3년 동안 차례로 습득하기를 맹세한다'는 굳은 각오의 글귀를 돌에 새긴 신라의 두 소년도 아마 집이 아닌 장소에서 함께 숙식하면서 공부했을 것이다. 희의 남편 김성립 또한 강가의 별장에서 친구들과 과거 공부를 했음은 앞에서 밝힌 바 있다. 가장 아름다운 사례는 정약전, 정약용 형제에게서 볼 수 있다. 글을 쓴 정약용은 이때 17세였다.

　나는 작은형과 함께 동림사에서 공부했다. 작은형은 《상서》를 읽고, 나는 《맹자》를 읽었다. 첫눈은 싸라기처럼 땅을 덮었고, 계곡물은 얼었다 녹기를 반복했다. 숲의 나무들은 파랗게 얼어붙어서 아침저녁으로 거닐면 정신이 맑아졌다. 아침에 일어나면 계곡으로 달려가 세수하고 스님들과 함께 밥을 먹었다. 날이 저물면 별이 보이는 언덕에 앉아 휘파람을 불거나 시를 외웠다. 깊은 밤엔 불경 소리를 들으며 책을 읽었다.

모두가 정약용처럼 반듯하게 공부만 한 것은 아니었다. 남공철의 생활이 오히려 실제 사례에 더 가깝지 않은가 한다.

우리는 친구의 별장에 모여 진사 시험공부를 했다. 누군가 술이나 투호를 가져오면 늙은 소나무가 멋지게 자란 정원에서 옷을 걸고 놀았다. 때론 시원한 바람이 부는 건물을 찾아 들어가 더위를 식히면서 함께 짓궂은 농담을 주고받았다.

짐작하건대, 네 소년은 정약용과 남공철 사이의 어딘가에 있었을 것 같다. 적당히 공부하고 적당히 놀았다는 뜻이다. 여기에서 잠깐, 우리의 주인공 균과 각 이외의 두 조연, 즉 김확과 심액에 대해 잠깐 살펴보기로 한다.

1610년은 42세의 중년 균에게 유독 험난했던 해였다. 균은 명나라로 가는 사신으로 뽑혔으나 병을 이유로 사직했고, 그 때문에 광해군에게 한 소리를 들었다. 문과 전시 시험관으로 뽑혔으나 조카와 조카사위를 부정 합격시켰다는 혐의를 받고 파직되었다. 그 후

의금부에 42일 동안 구금되었다가 전라도 익산으로 유배되었다. 지금껏 우리가 균의 단점으로 꼽았던 거짓말과 제멋대로 행동하기 등의 증상이 모두 나타났던 한 해였던 것. 그런데 바로 이해 어느날인가 균은 심액에게 편지 한 통을 보냈다. 핵심만 간추리자면 대략 다음과 같다.

어제 처음으로 자네의 애첩이 '여인행'을 읊는 것을 들었는데 쇳소리처럼 쟁쟁거리고 간드러졌네. 그대는 애첩 도엽을 거느렸던 남조의 왕헌지가 될 자격이 충분하네.

훗날 균은 여러 여인과 어울려 지내며 수많은 추문을 양산한다. 심액 또한 꽤 유흥을 즐겼던 모양이다. 균이 보낸 질펀한 편지가 하나의 증거가 되겠다. 심액은 머리 또한 좋은 편이어서 26세의 나이에 문과에 급제했으며 수십 년간 고위 관직을 역임했다. 이러한 경력으로 볼 때 균과 꽤 마음이 잘 맞았을 것 같다. 심액에 비교하면 김확은 평범하고 도덕적인 삶을 살았다. 37세의 나이에 문과 급제한 후 철원 부사로 관직을 마감했다. 문장도 뛰어났으며, 올곧은 성품으로 사림에 명망이 높았다고 전해진다. 굳이 편을 가르자면 균보다는 각 쪽이다. 요약하자면, 균과 심액은 신나게 노는 쪽에 강점을 보였을 것이고, 각과 김확은 차분하게 공부하는 쪽에 강점을 보였을 것이다. 또 다른 의미에서의 2대2 구도였던 것.

한 가지 더 생각하고 넘어갈 중요한 지점이 있다. 봉의 역할이다. 선생 역할을 맡은 봉은 어떤 식으로 네 소년을 가르쳤을까? 봉이 네 소년을 앞에 앉히고 하나부터 열까지 다 가르쳤을 리는 없다. 아버지 엽을 잃은 균의 발언을 떠올려 보기 바란다. 봉은 균의 공부를 감독하거나 꾸짖지 않았다. 그렇다면 봉은 균에게 그랬듯 네 소년의 공부에 전혀 관여하지 않았을까? 이에 대한 대답 역시 그렇지 않다, 이다. 봉의 교수법을 알 수 있는 적절한 일화가 있다.

봉이 균에게 처음 이달을 소개했을 때의 일이다. 균은 이달을 잠깐 흘겨보고는 곧바로 무시했다. 이달의 얼굴은 못났고 의관은 낡아빠졌다. 균은 자신이 평가절하한 이달이 자리에 없는 것처럼 굴었다. 봉을 상대로만 시 이야기를 늘어놓았다. 봉이 말했다. "시인을 앞에 두고 이 무슨 무례한 행동이냐? 운을 불러 보아라. 이 사람이 너를 위한 시를 일 초 만에 지어 낼 것이다."

균이 설마 하며 운을 불렀다. 이달은 운을 듣자마자 시 한 편을 후다닥 지었다.

맑은 날 굽은 난간에 오래 앉아 있다
겹문까지 닫아걸고 시도 짓지 않는다
담 구석 작은 매화 바람에 떨어진다
봄빛은 살구꽃 가지로 옮겨 간다

균의 단점은 경망스러운 성격이었고, 장점은 빠른 인정이었다. 균은 시를 듣자마자 이달의 천재성을 깨달았고, 곧바로 머리 숙여 사과했다. 이달과 맺었던 긴 인연의 시작이었다.

이달의 시가 얼마나 빼어난 작품인지 우리는 판단하기 어렵다. 살필 것은 봉의 교수법이다. 균을 자유롭게 놓아 두었던 봉은 균이 선을 넘어 방자하게 굴자 일침을 놓았다. 성을 내지는 않았다. 부족함을 스스로 깨닫도록 아픈 일침을 놓았다. 네 소년에게도 그랬을 것이다. 소년들이 정약용이 아닌 남공철 쪽으로 지나치게 기울어지면 슬쩍 나서서 필요한 조치를 했을 것이다. 적절한 말 한마디였을 수도 있고, 때로는 긴장을 유발하는 짧은 시험을 보는 방식이었을 수도 있다. 시험 쪽이었다면 아마도 소년들은 짧은 시간 안에 시를 지으라는 명령을 받았을 가능성이 높다. 급작이라 불리는 이 시험은 고려 시대 때에도 흔히 행해졌다. 우리나라 학원 사업의 창시자는 최충이다. 최충이 만든 학원 문헌공도에서는 다음과 같은 시험이 자주 치러졌다고 한다.

불붙은 초에 눈금을 그어 시를 짓게 한다. 촛불이 눈금까지 타서 들어가면 시간 종료다. 곧바로 시를 평가한다. 성적순으로 이름을 적어 공개한다.

상과 벌도 있었다. 성적이 우수한 학생들은 술을 대접받았고, 하위권 학생들은 술 대신 먹물을 마셨다. 술맛이 쓰다는 건 바로 이런 것이겠다. 봉이 어떤 식으로 상과 벌을 주었는지는 알 수 없다. 그러나 꽤 자유분방했던 봉이라면 먹물을 먹이는 벌도 때로는 시행했을 것 같다. 아마도 김확과 심액이 주로 벌을 받지 않았을까 싶다. 가장 어린 김확은 어쩌면 살짝 눈물을 보였을지도 모른다. 심액의 눈에도 따라서 눈물이 맺히는 바람에 균은 대장부 운운하며 놀려 댔고, 각은 따스한 한마디로 위로를 건넸을지도 모른다…… 이 정도면 꽤 아름다운 시간이 아니었을까? 하지만 봉의 교수법을 말하면서 고려해야 할 중요한 사항이 한 가지 있다. 바로 봉의 처지다. 과거에 급제한 후 해마다 고속 승진하면서 동인의 젊은 기수 역할을 해 왔던 봉이다. 그런데 고작 36세에 일선에서 밀려나 자의 반 타의 반으로 백운산에 처박히는 신세가 되었다. 미래는 불투명했다. 유난히 감정적인 인간 선조가 임금으로 있는 한 복귀는 불가능할지도 몰랐다. 봉이 이태백과 비슷했음을 앞에서 밝힌 바 있다. 이태백은 신선 같은 면모를 보였으나 술을 지나치게 사랑했다. 봉 또한 그랬다. 깊은 시름을 술로 달랬다. 미리 말하자면 봉을 죽음으로 몬 것도 술이었다. 봉에게는 떠도는, 좋게 말하면 '산수 간에 방랑하는' 버릇도 있었다. 아직 젊고 앞날이 창창한 소년들을 가르치는 건 봉의 수심을 어느 정도는 달래 주었을 것이다. 미래에 대한 기대를 품게 했을 것이다. 그러나 미래는 당장 오지 않았으니, 실은 올기미도 보이지 않았으니, 그것만으로 봉의 갈증은 해소되지 않았을 것이다. 그리하여 처음에는 제법 자주 소년들에게 가르침을 주었던 봉은 시간이 지남에 따라 흥미를 잃고 자신의 감정에 몰입했을 것이다. 봉과 희와 균의 핏줄에 공통으로 흐르는 유난히 진한 감정에 말이다. 그러다가 격한 감정을 참기 어려워지면 술에 의지했을 테고, 취한 신선처럼 산수 간을 방랑하는 일이 잦았을 것이다.

이 시기가 되면 소년들의 몸과 마음은 백운산 생활에 완벽하게 적응했으리라. 처음의 긴장은 날이 지남에 따라 저절로 풀렸을 것이다. 게다가 감독자인 봉은 원래부터 느슨했다. 그러니 있어도 없는 것이나 마찬가지다. 이제 탐색은 끝났다. 본격적인 경기를 시작할 때가 되었다.

*

중장 : 잘못이 있으면 서로 바로잡아 주었다.

먼저 공격한 쪽은 두말할 것도 없이 균이었을 것이다. 균이 백운산을 방문하기 전에 철저하게 준비했음은 앞에서 말한 바 있다. 이 준비에는 각의 정보를 수집하는 일도 포함되었다. 균이 모은 정보에 따르면 각은 문학보다는 경전 공부에 더 큰 비중을 두었다.

각은 글짓기를 좋아했지만, 유학자의 할 일이 말 잘하는 데 있지 않음을 알아, 항상 정성으로 사리를 철저히 밝히는 것을 목표로 했다. 《육경》과 《사서》 등을 두루 연구하고 성현을 본받기를 꿈꾸었다.

균이 경전에 약한 건 아니었다. 하지만 문학과 경전 중 하나를 고르라면 문학 쪽이었다. 감성이 강한 균에게 문학은 안성맞춤의 도구였다. 균은 적의 약점을 공격하는 전략을 세웠다. 바꿔 말하면 적이 자신의 장점을 발휘하지 못하도록 하는 전략을 세웠다. 균이 선봉장으로 내세운 건 다름 아닌 이달의 시였다. 봉과 희를 제외하면 이달에 대해 가장 잘 아는 사람은 바로 균이었으므로. 빼어난 각일지라도 이달에 대해 자신보다 더 알 방법은 없으리라 확신했으므로. 아마도 균은 다음과 같은 말로 넌지시 공격을 시작했을 것이다. 백운산에 온 지 제법 되었을 시점이다. 우리가 다루는 이들이 15세에서 18세의 소년들, 요즈음의 중고생 나이임을 기억하기 바란다. 그래서 이제는 경어가 아닌, 소년들의 말투로 바꾸도록 하겠다.

내 생각에 최고의 시인은 단연 이달이 아닌가 싶어. 정지상이니 이규보를 말하는 이들도 있지만 내 생각은 달라. 정지상은 곱기만 하고, 이규보는 그저 맑기만 하지. 박식한 너도 이달은 잘 모를 테니 그가 어떤 사람인지 이야기해 줄게. 처음에 소동파 시를 모범으로 삼았던 이달은 당나라 시가 정도라는 박순의 충고를 듣고 생각을 바꿨어. 두문불출하기를 5년, 이달은 당나라 시인보다 더 당시를 잘 짓는 수준에 이르렀지. 그 이달이, 다른 사람도 아닌 바로 나에게 선물로 보낸 시를 한번 외워 볼게.

나그네 시름은 가을 따라 깊어지고
고향 생각은 밤 따라 더해만 가네.
어둠 속 귀뚜라미는 벽 근처에서 울고
차가운 이슬은 앙상한 숲으로 떨어진다……

긴 시라 절반만 인용한다. 균의 전략은 꽤 세심하다. 이달이 원래는 소동파 시를 모범으로 삼았다는 발언은 소동파를 공부한, 조금 의심스럽기는 해도 자기 입으로 그렇게 고백한 각을 고려한 것이었다. 즉, 각이 뒤늦게 배운 소동파는 이미 지나간 유행, 흘러간 강물이라는 뜻이었다. 이달이 자신에게 보낸 시를 이용하는 점도 지극히 균스럽다. 자신은 이달 같은 시인과도 사적인 교류를 나누는 위치에 있다는 점을 넌지시, 아니 노골적으로 드러낸 것이다. 균의 공격을 받은 각은 과연 어떤 식으로 반격했을까? 각은 각다운 방법으로 반격했는데, 실은 이 반격으로 초반 승패는 어느 정도 결정이 나 버렸다고, 나는 생각한다. 각의 답은 뭐랄까, 균과는 차원이 달랐다. 균이 시인에게 점수를 매겼다면, 각은 시인의 삶을 말하며 우정과 인생, 그리고 반성을 끌고 왔다. 각의 시작은 이러했다.

내겐 친구가 없어.

신선 같은 모습으로 외로움을 토로하는 뜻밖의 독백은 예민한 소년들의 마음을 단번에 건드렸다. 소년들이 눈을 크게 뜨고 자신에게 집중하자 각은 이렇게 이어갔다.

친구는 오륜의 하나, 그런데 내겐 친구 하나 없으니 이 얼마나 부끄러운 일이니?

이쯤 되면 김확과 심액은 각의 페이스에 완전히 말렸을 것이다. 두 소년이 똘망똘망한 눈으로 각을 쳐다보는 모습에 균은 속으로 한숨을 쉬었을 것이다. 자신이 준비해 온 전략이 뿌리부터 흔들리는 기분을 느꼈을 것이다. 인정하는 순간 패배라는 걸 알기에, 그래서 균은 감정을 숨긴 채 느긋하게 웃음 지은 얼굴로 여유를 위장하며 각의 말을 들었을 것이다.

아, 이 세상에서 친구를 얻지 못하면 옛사람 중에서 고를 수밖에 없겠지. 내가 제일 먼저 고른 이는 도연명이야. 이분의 마음은 고요하면서도 한가로우면서도 넓었지. 그랬기에 세상의 자잘한 일은 마음에 담아 두지 않았어. 가난과 고난을 운명처럼 여기고 손님처럼 이 세상에 잠시 머물며 살다가 돌아가셨지.

두 번째 친구는 이태백이야. 이분의 호방함은 참으로 대단했지. 천하를 위에서 내려다보며 좁다고 여겼고, 잘난 체하는 이들을 개미처럼 하찮게 여기며 산수 간에서 자유롭게 살았지.

세 번째 친구는 소동파야. 이분은 벽이 없었어. 귀하거나 천한 이들, 똑똑하거나 어리석은 이들이 이분 앞에서는 다들 기뻐했지. 시속을 따르면서도 고결함을 잃지 않은 사람이었다고나 할까?

이 세 분의 시와 문장은 영원히 빛나는 북극성과 같지. 하지만 이분들이 중히 여긴 건 시와 문장이 아니라 삶을 살아가는 태도였지. 시와 문장은 그 과정에서 자연스럽게 흘러나온 부산물일 테고.

각의 대답에 균은 할 말을 잃었다. 제일 처음 느낀 감정은 부끄러움이었다. 균 또한 도연명과 이태백과 소동파를 사랑했다. 자신도 각만큼이나 사랑했던 소동파를 오직 승부에서 이기기 위해 유행에 뒤처진 시인으로 다룬 점이 너무도 부끄러웠다. 시와 문장이라는 좁은 영역으로만 각과 싸우려고 했던 애초의 전략도 부끄러웠다. 부끄러움이 어느 정도 가시자 다시금 질투와 가벼운 적의, 그리고 승부욕, 끝날 때까지는 끝난 것이 아니라는 요기 베라 식의 승부욕이 되살아났다. 마라톤으로 치면 이제 겨우 10킬로미터 남짓 달린 셈이었다. 첫 질주를 통해 상대가 강하다는 것은 알았지만, 격차와 벽도 느꼈지만, 그렇다고 포기할 시점은 아니었다. 이러한 상황에서 약점을 드러내는 것은 바람직하지 못하다. 균은 일단 각이 앞서 나갔음을 솔직히 인정하기로 했다.

나 또한 동의하는 바야. 고백하마. 눈치챘겠지만 내 성격에는 조금 문제가 있어. 경솔한 데다 속이 좁지. 세 분이 하늘이라면 나는 땅 아래 흐르는 지하수야. 그래도 혹시 알아? 앞으로 온 정성을 다해 노력하면 천지신명도 감동하시겠지. 이 세 분도 나를 친구로 여기실 테고.

균은 자신의 발언으로 초반의 위기는 엉성하게나마 그럭저럭 넘겼다고 생각했다. 하지만 각의 반격은 아직 끝나지 않았다. 조용한 공격자 각은 느릿느릿 시 한 편을 외웠다.

한나라 신작 3년
북두칠성이 동남쪽을 가리키는 초여름
해동의 해모수는
천제의 아들
하늘에서 이 땅에 내려올 때
다섯 용이 끄는 수레를 탔네
백여 명의 신하들이 뒤를 따랐다
고니 타고 옷자락 휘날리며
……

천명을 받아야 임금이 되는 법
그 누군들 하늘의 명령 안 받았으랴마는
대낮에 하늘에서 내려온 건
그 누구도 보지 못했던 일

옛노래처럼 유장한 낭독에 김확은 손뼉을 쳤다. 고개를 끄덕이는 심액을 보며 균은 당황했다. 당황한 균은 애써 속내를 감추고 각에게 물었다. 도대체 무슨 시를 외운 것이냐고. 이규보의 동명왕편, 고구려의 건국을 그린 대서사시라는 답이 돌아왔다.

각은 더 말하지 않았으나 균의 의견에 대한 반박이라는 점은 너무도 분명했다. 균은 앞에서 이규보의 시는 맑기만 하다고 평했다. 그런 균에게 각은 웅대한 이규보의 시를 외워 보인 것이다. 당장 할 말을 잃은 균이 더 감추지 못해 어쩔 수 없이 속내가 섞인, 조금은 민망한 웃음을 짓는 것을 보고 각이 말했다. 이규보의 호는 백운거사야.

심액이 각에게 물었다. 이규보도 우리처럼 백운산에 있었나?

각이 답했다. 아니, 이규보는 천마산에 있었어.

김확이 각에게 물었다. 그런데 왜 백운거사라는 호를 썼을까?

왜냐하면……

마치 짠 듯 딱딱 맞아떨어지는 문답에 균의 심기가 매우 불편해졌다는 건 설명할 필요가 없겠다. 숫자의 우위로 각을 압박하려던 전략은 완전히 실패했다. 심액은 진심으로 각의 편이 되었고. 김확마저도 안심할 수는 없었다. 답답한 건 이 상황에서 균이 쓸 전략이 별로 없다는 것이었다. 실은 균은 이규보에 대해 자세히는 몰랐다. 작은형과 이달이 주고받은 대화를 기억했다 그대로 써먹은 것이었다. 아, 뛰어난 기억력의 함정. 단순 암기는 이토록 위험한 것이다. 차마 그 사실을 고백할 수는 없었기에 균은 잠자코 각의 말을 경청했다.

이규보는 23세에 과거에 급제했어. 하지만 고려는 그에게 관직을 주지 않았지. 몇 년을 헛되이 보낸 이규보는 천마산에 들어가 살았고, 자신의 호를 백운거사라 지었어. 호사가들이 물었지. 속세를 벗어나 흰 구름 속에 누울 생각인가?

이규보가 답했어. 흰 구름을 흠모하기 때문이라네. 흠모하다 보면 비슷하게라도 될 테니.

왜 흰 구름인가?

구름은 얽매이지 않고 한가롭게 떠다니네. 변화무쌍한 것도 구름의 특징이고. 원래 구름에는 색이 없네. 희디흰 것이 구름의 본질이지. 구름에는 덕이 넘치기에 순수한 빛을 갖게 된 거고.

소년들은 조용히 각의 말을 경청했다. 아마도 흰 구름이 자신들을 감싸는, 포근하면서도 신비로운 기분을 맛보고 있었을 것이다. 두 소년은 확실했지만, 균 또한 그랬는지는 잘 모르겠다. 이제 균의 표정은 씁쓸하면서도 비장했다. 제어에 실패한 균은 애써 숨길 생각도 하지 않았다. 각의 결론이 이어졌다.

나도 구름에게 배우고 싶어. 세상을 떠돌 때는 만물에게 도움을 주고, 집에 머물면 깨끗한 마음으로 스스로를 간수하는 거지. 소리도 빛깔도 없는 텅 빈 세계로 들어가는 경지에 이르면 아, 구름이 나인지, 내가 구름인지도 알 수가 없겠지.

각의 말이 끝났다. 박수도 없었고, 동의를 표하는 말도 없었다. 소년들은 다 같이 하늘을 보고 있었다. 푸른 하늘을 유유히 떠다니는 흰 구름을 다 같이 보고 있었다.

*

우리의 생각보다 경기는 싱겁게 진행되었다. 물론 아직 초반이었다. 문제는 분위기였다. 1회에 1점을 주어 1대0으로 지고 있지만 도저히 이길 수 없을 것 같은 경기가 있고, 3회에 7점을 주었어도 뒤집을 수 있다는 뜨거운 마음이 좀처럼 사라지지 않는 경기가 있다. 균과 각의 경기는 전자에 가까웠다. 고작 1실점을 했을 뿐인데 분위기는 싸늘했다. 반격할 방법이 보이지 않았다. 균은 최선을 다했다.

하지만 앞의 예에서 살폈듯 각의 투구는 직구와 변화구 모두 완벽했고 균의 방망이는 마구 헛돌았다.

아, 어쩌나. 패배의 위기에 몰린 균은 타임을 불렀다. 한 걸음 물러나 자기를 점검하는 시간을 가졌다. 여러 번 말했다시피 균에게는 감정에 치우치는 약점이 있었다. 하지만 균은 어리석지는 않았다. 균에게는 빠르게 인정한다는 장점 또한 있었다. 균은 조금씩 마음의 정리를 했다. 봉이 각의 아버지에게 보낸 편지, 각이 봉의 스승이라는 편지의 내용은 어쩌면 사실일지도 모르겠다고 생각하기 시작했다. 몇 번 더 찔러 보고 정 안 되겠으면 승부를 접는 것도 한 방법이라고 생각하기 시작했다. 어쩌면 각은 균에게 멋진 친구가 될 수도 있을 것이다. 나이는 어리지만 도리어 형 같은 친구…… 하지만 우리가 예감하듯 일은 그렇게 간단하게 흘러가지는 않았다.

어느 날, 서울에 다녀왔던 김확이 균에게 뜨거운 귓속말로 최신 소문을 들려주었다. 들었어도 믿을 수가 없어 균은 몇 번을 되물었다. 그러나 전달자 김확은 확고했다. 처음에는 소문이라고 속삭이더니 나중에는 성을 내다시피 큰 소리로 사실이라고 했다. 김확의 말은 이러했다.

각이 희 누님에게 시를 보냈대. 그런데 그 시의 내용이 심상치가 않아.

간신히 마음을 다잡아 가던 균이었다. 때를 살피다가 패배를 인정하고 우정을 다짐하는 화해의 손을 내밀려던 균이었다. 김확의 말에 균의 체온은 또다시 상승했다. 처음엔 봉이더니 이번엔 희였다. 각은 균이 좋아하고 사랑하고 닮기를 원하는 이들을 차례로 빼앗고 있었다. 봉에게 접근한 건 적어도 이해는 되었다. 봉은 젊은 문장가이자 동인의 기수였다. 소년들이 바라는 모든 꿈이 봉에게 집약되어 있었다. 희는 달랐다. 희의 시가 빼어난 건 사실이었으나 세상의 시선이 마냥 고운 것은 아니었다. 대다수 사람에게 여성이, 그것도 사대부 집안의 여성이 시를 쓴다는 건 장점이 아니라 단점을 의미했다. 게다가 희는 안동 김씨의 사람이었다. 그리고 희는 몹시 불행했다…… 그런 희에게까지 손을 뻗다니 도무지 용서할 수가 없었다. 당장 사실을 확인하고 싶었다. 사실이라고 말하면 옷깃을 움켜쥐고 어떻게 그럴 수 있냐고 호통을 치고 싶었다. 고상한 척하는 각의 태도는 그저 위선이었느냐고 소리쳐 묻고 싶었다.

균은 그 어느 것도 하지 못했다. 산수 간을 노닐다가 때맞춰 나타난 봉은 균의 마음을 읽은 듯 손을 붙잡아 끌며 짧은 외유를 제안했다. 봉은사로 가자. 만날 사람이 있다.

*

남의 잘잘못 일일이 따지지 말게나
이로움도 없는데 때로는 재앙도 불러오니

입조심하기를 병마개 막듯 하시오
  몸을 편안하게 하는 으뜸 방법이니

퀴즈 하나. 이 시의 저자는 누구일까? 한 시간을 기다려도 대답
이 나올 리는 없으니 스스로 답한다. 유정 스님이다. 우리에겐 사명
당으로 더 잘 알려져 있다. 18세 균이 봉은사에서 만난 사람은 봉
보다 일곱 살 많은 43세의 스님 사명당이었다. 아참, 지금은 봉은사
가 강남 한복판의 요지를 차지하고 있지만 조선 시대에는 서울 외
곽, 배를 타고 가야 도달할 수 있는 지역에 있었음을 잊지는 말기를
바란다. 봉이 지침을 위반하고 몰래 서울에 잠입한 것은 아니라는
뜻이다. 갑자기 등장한 사명당에도 관심이 가지만, 시급한 건 균의
마음 상태다. 잔뜩 흥분한 균이, 감정에 치우친 균이 봉은사로 가
는 동안 봉에게 소문의 사실 여부에 대해 묻지 않았을 리는 없다.
균은 거짓이라는 답을 기대했다. 왜 그런 헛소리를 믿느냐는 봉다
운 호쾌한 일갈을 기대했다. 내내 딴청을 부리던 봉은 봉은사에 거
의 다 이르러서야 한 편의 시로 대답했다.

보내고 못 잊는 정 광풍처럼 쫓다가
강나루 푸른 버들 실가지에 걸렸다
실버들이여, 내 마음 안다면
님의 옷자락을 세게 잡아 주렴

어안이 벙벙한 균에게 봉은 이렇게 말했다. 각이 희에게 보낸 시다.

소문이 아닌 진실이라는 김확의 말은 거짓이 아니었다. 당황하고 화가 나고 놀라서 차마 입을 열지 못하는 균에게 봉은 또 이렇게 말했다. 내가 각에게 부탁했다.

이제 정신 줄을 놓다시피 하며 바보처럼 입을 벌린 균에게 봉은 마지막 공격을 가했다. 균아, 너는 아직도 어린아이로구나.

잔뜩 헝클어진 균의 머릿속으로 굵으면서도 경쾌한 목소리가 치고 들어왔다. 나의 사랑하는 천적이여, 드디어 오셨습니까?

천적이라니 무슨 말씀입니까? 나는 그대의 여러 적 중 가장 미미한 존재일 뿐입니다.

훤칠한 스님이 서 있었다. 봉과 균에게 정중히 인사를 하는 스님의 얼굴은 맑으면서도 엄정했다, 마치 각처럼. 처음에 균이 각의 형인가, 의심했던 이유였다. 의심은 사실이 아닌 것으로 밝혀졌다. 불가에 귀의하기 전 사명당의 성은 임이었으며, 고향은 밀양이었다. 각과는 접점이 전혀 없었다.

세 사람은 매화당에서 환담을, 차 한 잔씩을 앞에 두고 환담을 나누었다. 뜻밖에도 화제는 시였다. 이달의 시, 봉의 시, 그리고 사명당의 시. 봉은 사명당의 시를 칭찬, 아니 극찬했다. 혜승, 희주 등등의 아홉 스님은 《구승시》라는 시집을 냈습니다. 스님의 시는 그들과 어깨를 나란히 할 만합니다.

18세 소년 균은 혜승, 희주 등등이 낸 《구승시》라는 시집을 몰랐다. 사명당의 시는 언뜻 듣기엔 뜻이 높고 맑았다. 그러나 봉이 왜 그렇게 극찬하는지 그 이유까지는 알기 어려웠다……

균의 마음에 다가서기 위해 서가에 자리한 한시 책들을 뒤졌다. 놀랍게도 내 서가엔 열 권 넘는 한시 책이 있었다. 산문을 선호하는지라 한시에는 그다지 관심이 없었는데도 말이다. 괜히 주머니가 텅텅 빈 게 아니었구나, 하는 뜨거운 깨달음이 왔다. 그런데 머리카락을 쥐어뜯으며 살펴본 열 몇 권의 한시책에는 사명당의 시가 없었다. 사명당의 스승 휴정, 즉 서산대사의 시는 과반수 이상의 책에 실려 있었는데 사명당의 시는 단 한 수도 없었다. 당대에는 몰라도 지금 시대에 사명당의 시는 그다지 높은 평가를 받지는 못한다는 뜻일 것이다. 극찬의 이유를 몰랐던 균의 감식안에는 문제가 없었음을 보여 주는 예일 수도 있다고 생각한다. 사명당이라는 일세의 영웅을 무시하려는 것은 아니다. 우리는 그저 시 이야기를 하는 것이니까.

바로 이날 사명당은 여러 감정에 휩싸인 우리의 주인공 소년 균에게 잊지 못할 선물도 하나 주었다. 시를 읊은 사명당은 균을 보며 일화 하나를 들려주었다.

내 일찍이 금강산에 계신 스승(서산대사)을 찾아간 일이 있다. 반가운 티도 안 내시고 대뜸 물으시더라. 어디서 왔냐?

어디서 오긴. 서울에서 왔지. 서울에서 왔다고 공손하게 대답했더니 또 물으시더라. 몇 걸음을 걸었냐?

몇 걸음? 그걸 어떻게 알겠나? 그제야 알았지. 아하, 선문답을 하시는구나. 한판 붙자 하시는구나. 그렇다면. 잠깐 생각하곤 벌떡 일어났지. 팔을 들고 빙빙 춤추며 말했지. 요 모양 요 꼴로 왔소이다.

내 꼬락서니를 보며 흐흐 웃던 스승이 또 묻더라. 어느 길로 왔냐?

자꾸 목소리를 높이시기에 나도 온 힘 다해 대답했지. 옛날부터 있던 길로 왔소이다.

스승이 일어나 죽비로 내 어깨를 세게 때리며 소리를 지르더라. 이놈아, 있던 길로 다니지 마라.

이야기를 마친 사명당이 웃었고, 균도 따라 웃었다. 바로 그때 사명당이 제비처럼 박차고 날아올라 균의 등을 갈겼다. 균이 아파할 틈도 없이 물었다. 네 이놈 어디서 왔냐?

백운사에서 왔습니다.

몇 걸음을 걸었냐?

균은 잠깐 생각하다가 대답했다. 머리가 무거워서 걸음 수를 세지 못했습니다.

어느 길로 왔냐?

지옥인 듯합니다.

네놈이 만든 지옥이니라. 다음부터는 밝은 길로 다녀라.

아! 균의 눈에서 눈물 한 방울이 똑 하고 떨어졌다. 봉은 무심히 차를 마셨고, 사명당은 시를 들려주었다. 앞에서 살펴봤던 바로 그 시다.

남의 잘잘못 일일이 따지지 말게나
이로움도 없는데 때로는 재앙도 불러오니
입조심하기를 병마개 막듯 하시오
몸을 편안하게 하는 으뜸 방법이니

이날 사명당이 실제로 균에게 위와 같은 말을 했는지 우리는 알 수 없다. 사명당도 균도 이때 주고받았던 말을 기록에 남기지는 않았으니. 사명당이 시를 들려준 건 틀림없는 사실이다. 지나가는 말이지만, 역시 사명당의 시는 뛰어나지는 않은 것 같다. 균에게 들려준 시는 왠지 시라기보다는 인생을 아는 스님의 지루한 설교처럼 들린다…… 이날 밤, 봉과 균은 매화당에서 잤다. 당시에는 강남이 아니었을 봉은사는 지금과는 달리 무척 조용했을 것이다. 멀리서 들려오는 올빼미 우는 소리가 수심을 자극했을 것이다. 근심 걱정이 많았던 둘은 잠을 이루지 못했을 것이고, 아마도 봉이 나직한 목소리로 먼저 말을 시작했을 것이다. 혼자 듣는 올빼미 소리와 둘이 듣는 올빼미 소리는 느낌이 참 다르구나.

아직 어린 균은 두 소리를 구별하기가 어려웠다. 올빼미도 관객을

의식하나 하는 생각을 잠깐 했으나 실없는 상상일 뿐이었다. 그래서 네, 라고만 답했다. 봉이 짧은 한숨을 쉰 후 본론으로 들어갔다. 나는 이이를 질투했다. 이이가 썼던 천도책을 읽고 나는 절망했다. 거대한 벽이 내 앞에 있음을 실감했다……

봉의 기분을 알기 원하는 이들이 있을 것 같아 이이가 과거시험 답안지로 냈다는, 채점관들이 읽어 보고 신의 솜씨라 입을 모으며 기절초풍했다는 천도책을 일부만 인용한다.

저 하늘이 푸르고 푸른 것은 기가 쌓인 것이지 제 색깔이 아닙니다. 찬란하게 빛나는 별과 별자리를 기준으로 삼을 수 없다면 천기의 운행은 아마도 탐구할 수 없을 것입니다. 저 밝고 빛나는 것이 저마다 운행 도수가 있는 것은 무엇 때문입니까? 모두 원기의 역할입니다.

긴말은 하지 않겠다. 성리학은 참…… 심오하다. 뜻밖의 마음을 균에게 고백한 봉은 다시 말을 이었다. 너 또한 희의 광상산 시를 보았겠지.

네.

나는 희가 걱정된다. 무척 걱정된다. 게다가 지금 희는 혼자다.

네.

김성립은 희를 전혀 이해하지 못한다. 이해도 못 하면서 질투하고 화를 낸다.

균은 하아, 하는 한숨으로 답을 대신했다. 우리가 살폈듯 균이 보기에 김성립은 바보 천치였다. 김성립의 친구라는 자들도, 시댁 식구들도 모두 다 바보 천치였다. 희는 외롭고 아팠는데 주위에 있는 자들은 악의적인 소문 생산에만 몰두했다. 기가 세서 남편을 좀 벌레처럼 하찮게 여긴다는 소문, 살림보다 시작에만 몰두한다는 소문 등등. 소문이 워낙 많은 데다가 질 또한 떨어져서 일일이 소개할 필요조차 느끼지 않는다. 조선 후기를 살았던 박지원, 홍대용, 이덕무처럼 북학파라는 소리를 들으며 제법 열린 마인드를 가졌다고 자신했던 이들도 희에 대한 악담을 수도 없이 퍼부었던 것을 생각해보기를 바란다. 조선의 남자들이란.

봉이 물었다. 죽음마저 생각하는 희를 도울 방법이 무엇이 있겠냐?

균은 답하지 않았다. 이제 균은 알았다. 봉의 질문은 사실 질문이 아니라는 사실을. 봉은 이미 답을 찾았을 것이고, 올빼미가 우는 밤, 나이 차 많이 나는 형제 둘이서 올빼미 우는 소리를 듣는 밤, 균에게 그 답을 알려주려는 것이었다. 봉이 말했다. 시인에겐 시를 쓰게 해야겠지.

그래서 각에게 시를 보내라고 시키신 겁니까? 누이의 답시를 유도하기 위해서요?

그렇지.

저는 안 됩니까? 제 시로 누이를 위로하면 안 되는 겁니까? 왜 하필 각입니까?

봉이 일어나 균을 보며 말했다. 희가 네 시를 보고 뜨거워하겠느냐?

희가 균의 시를 어떻게 생각했는지 알려주는 일화가 하나 남아 있다.

균이 아직 어릴 때 시를 써서 희에게 보여 준 적이 있었다.

여인이 그네를 흔들며 밀어 보낸다

희는 고개를 살짝 저으며 시를 고쳤다.

문 앞에는 애간장을 태우는 사람이 있었는데
황금 채찍을 쥔 채 백마를 타고 가 버렸네

조금 어리둥절할 것이다. 희의 시는 균의 시의 수정이라기보다는 새로운 시 같다. 그렇다면…… 한시를 전혀 모르는 우리는 그냥 희가 균의 시를 무척 못마땅하게 여겼다고만 생각하고 넘어가기로 한다.

분명 이 일화를 잊지 않았을 균은 어쩔 수 없이 봉의 말을 인정했다. 그렇다. 희는 균을 한 수 아래로 여겼다. 설령 균이 뛰어난 시를 써 보낸다 해도 그것은 우연의 산물, 희의 가슴은 뜨거워지지는 않을 것이다. 각이라면 다를 것이다. 본 적도 없는 소년, 그러나 희가 신뢰하는 봉으로부터 이름은 분명히 전해 들었을 특별한 소년. 각의 시는 희의 우울하고 차가워진 가슴에 어떤 식의 파문이라도 일으킬 것이다. 균이 물었다. 그래서 누님이 답시를 보냈습니까?

봉은 늘어져라, 하품을 한 후 다시 자리에 누웠다. 그러고는 이렇게 말했다. 졸음이 죽음처럼 무섭게 닥쳐오는구나. 자다가 죽는 건 행복일까, 불행일까? 아, 나는 그만 굴복하련다. 나머지는 각에게 직접 물어봐라.

*

종장 : 오호라, 우리의 우정은 친형제와 같았다.

다음 날 균은 봉은사를 떠났다. 둘이 갔다가 혼자서 백운산으로 향했다. 죽음 같은 잠에서 간신히 깨어난 봉은 봉은사에 며칠 더 묵고 싶어 했다. 외롭게 혼자서 백운산으로 돌아온 균은, 돌아오는 내내 생각하고 또 생각했던 각부터 부리나케 찾았다. 인사 같은 예의는 차리지 않고 곧바로 각을 붙잡고 대화를 나누었다. 대화는 대화였으나, 우리가 생각하는 일반적인 대화와는 좀, 아니 전혀 달랐다. 그랬기에 반가움을 표시하며 둘에게로 다가온 아직 어린, 나이라기보다는 정신의 측면에서, 김확과 심액은 내내 귀만 기울였을 뿐, 단 한마디도 보탤 수가 없었다. 시작은 당연히 균이었다. 《노자》를 읽었어. 의외로 오묘하고 깊은 구석이 있더라. 《주역》이나 《중용》과는 또 다른 의미에서.

각이 말했다. 책을 읽을 줄 모르는 어리석은 무리가 노자를 황당무계하고 혹세무민하는 신선술 책으로 바꿔 버렸지. 노자는 큰 그릇이야. 하늘의 도를 말하되, 깊고 그윽하여 실체를 잡을 수도 없지. 노자의 도는 바로 용과 같은 것.

균이 말했다. 《장자》를 읽었어. 처음엔 생각과 문장이 독특하다고만 여겼는데 다시 읽어 보니 그렇지 않더라. 의미 또한 넓고도 깊어서 정신이 황홀해졌지.

각이 말했다. 장자의 핵심은 우언에 있지. 삶과 죽음을 하나로 보고 득과 실 또한 구별하지 않는 그 사상의 깊이는 말할 필요도 없겠고.

균이 말했다. 《한비자》를 읽었어. 의외로 글이 아름답더라. 전달하고자 하는 내용은 명료하고 핵심을 제대로 찌르니 참으로 문장의 대가라 할 만하더군.

각이 말했다. 세난과 팔간 편이 백미이지. 질박하던 고문이 한비자에 이르러 비로소 아름다운 글이 되었지. 문장가를 꿈꾸는 이들은 한비자를 꼭 읽어야 해.

균이 말했다. 《묵자》를 읽었어. 맹자는 묵자를 이단이라며 배척했지만, 과연 그렇게 나쁜 책일까 하는 생각도 좀 들더라.

각이 말했다. 한유의 말을 곰곰 생각해 봐야겠지. 공자는 분명 묵자의 도를 썼을 것이다, 하는. 묘한 견해지만 곱씹어 볼 만해.

균이 말했다. 《손자》를 읽었어. 군사에 대해 말한 이 중 손무를 넘어선 사람은 없었다고 봐. 왕도 정치를 펼친 인물은 아니어도 기이한 인물 축에는 들지.

각이 말했다. 마디마다 생동하는 문장의 솜씨라니, 그야말로 아름답지. 나는 제자백가 중 한비자와 손무가 최고의 문장가인 것 같아.

제자백가로 겨룬 1차전은 무승부였다. 균은 웃었다. 호흡을 가다듬었다. 곧바로 2차전을 시작했다.

균 : 사람들은 하늘의 도리가 늘 선한 이들과 함께한다고 믿었다. 백이와 숙제는 선한 이들인가, 그렇지 않은가? 오랫동안 어질게 살았고 고결하게 행동했으나 결국은 굶어 죽었는데. 공자는 여러 제자 가운데 가장 학문을 좋아하는 사람은 안회라고 말했다. 그러나 안회는 늘 굶주렸고 술지게미조차 배불리 먹지 못했으며, 오래 살지도 못했다. 하늘은 과연 선한 이들에게 보답을 하기는 하는 것인가?

각 : 도척은 무고한 이들을 밥 먹듯 죽였다. 사람의 살을 뜯어 먹었고, 무리 수천을 모아 천하를 어지럽혔다. 그런데도 천수를 누렸다. 그는 무슨 덕을 따른 것일까? 아, 나는 이러한 일들을 보면서 의문을 제기하지 않을 수 없다. 하늘의 도는 과연 옳은가, 그른가?

균 : 나는 좁은 마음으로 남의 선악을 드러냈다. 도리어 내 허물을 깨닫고 뼈저린 아픔을 맛보았다. 허물을 없애고자 노력했으나 비방은 물 끓듯 끓어 올랐다. 남을 해치려는 마음은 전혀 없었으나 늘 원한과 증오를 받았다.

각 : 세상 사람들과 얽히지 않았다면 내 마음도 편안했을 텐데. 선한 인간이 아니었던 나는 근심스러운 일에 자주 엮였다. 이는 하늘이 내린 일이 아니라 어리석은 내가 자초한 것.

균 : 밤에 책을 읽으려는데 서남쪽에서 다가오는 소리를 들었다. 처음에는 쓸쓸히 다가오더니 갑자기 거세진 것이 파도가 치고 비바람이 몰려오는 듯했다. 그 소리가 물건에 부딪히니 쨍그랑쨍그랑 쇠가 우는 것 같았고, 혹은 말을 탄 병사가 빠르게 달려가는 것 같았다.

각 : 동자에게 물었다. 이게 도대체 무슨 소리냐? 나가서 살펴보

도록 해라. 동자가 대답했다. 별과 달이 밝게 빛나는 밤입니다. 사 방에 사람의 소리는 들리지 않습니다. 아, 나는 깨달았다. 그렇구나. 이것은 바로 가을의 소리로구나. 고요하나 실은 처절하게 울부짖는.

균 : 그대는 저 물과 달을 아는가? 흘러가지만 다 가 버린 적은 없으며, 차고 기울지만 사라지거나 더 커지는 일은 없다네. 변하는 쪽에서 보면 천지는 한순간도 가만히 있지 못하는 것, 변하지 않은 쪽에서 보면 만물과 내가 모두 다함이 없는 것. 그러니 무엇을 부러 워하겠는가?

각 : 천지 간의 온갖 것들에겐 다 주인이 있는 법, 내 것이 아니라 면 털끝만큼도 가져서는 안 되리라. 그러나 강가의 맑은 바람, 저 하 늘의 밝은 달은 귀에 담으면 소리가 되고 눈에 담으면 빛깔이 되지. 가져간다고 막는 이도 없고, 가져간다고 씨가 마르지도 않지. 조물주 가 하사한 무궁한 물건이니, 나와 그대가 마음껏 즐기는 것이겠지.

균이 말했다. 구양수의 문장은 법도가 있으면서도 아름다워. 격 앙된 감정을 흥분하지 않고 표현하는 기술은 따라올 자가 없지.

각이 말했다. 소동파의 문장은 자연스러우면서도 변화 무궁하지. 워낙 교묘한 솜씨라 보통 사람들은 교묘한 줄도 미처 모르지.

균이 말했다. 구양수와 소동파의 글을 모아 책을 만들고 싶어. 많은 이들이 두 사람의 문장에 흠뻑 취하도록.

각이 말했다. 구소문략이라는 제목을 붙이면 어떨까?

균은 각을 보고 웃었다. 각 또한 따라서 웃었다. 균의 이마에서는 땀이 났으며 머리가 어질어질했다. 각은 고개를 푹 숙였고 지친 몸을 나무에 기댔다. 그럴 수밖에. 지금 균과 각은 엄청난 경기를 막 마친 참이었으니. 의심을 품는 이들도 있겠다. 고작 말 몇 마디를 주고받은 일이 뭐 그리 힘드냐고 물을 수도 있겠다. 신진서와 박정환의 대국을 예로 드는 게 좋겠다. 모르는 이들이 보기에 바둑판은 잔잔하다. 그 어떤 일도 일어나지 않는 평화로운 장스 같다. 아는 이들이 보면 사정은 완전히 달라진다. 바둑판에서는 피 튀기는 전투가 벌어지고 있다. 한 수만 삐끗하면 그야말로 지옥형이다. 그렇기에 이런 말이 있는 것이다, 아는 만큼 보인다!

아아하, 균은 손등으로 땀을 닦으며 이만하면 되었다고 생각했다. 각은 균이 처음으로 발견한 맞수였다. 적으로 두기보다는 곁에 두고 싶은 맞수였다. 균은 결심했다. 부질없는 질투와 시기로 이 소중한 우정을 망치지 말자고 결심했다. 결심이 옳았음을 알려준 건 각의 다음 행동이었다. 각은 나무에서 등을 뗐다. 꼿꼿한 자세의 각은 시 두 편을 연달아 외웠다.

흰 구름 한가운데 절이 있다

스님은 구름을 쓸지 않는다
손님이 오자 비로소 문이 열린다
골짝마다 날리는 늙은 송홧가루

먼 곳 바라보는 학이 있다
다리 하나로 차가운 밤을 버틴다
잠자리로 불어오는 모진 서풍
온몸을 적시는 가을의 이슬

균은 말없이 고개만 끄덕였다. 이달의 시였다. 절묘한 종결이 아닐 수 없었다. 각은 균이 이달을 사랑하는 것 또한 알고 있었다. 이달의 시를 외운 건 자신 또한 이달을 아낀다는 것, 바꿔 말하면 우정의 적수 균을 존중한다는 것.

밤이 깊었고 휘영청 보름달이 떴다. 끝없는 대화에 김확과 심액은 이미 잠들었다. 또다시 들려오는 올빼미 소리를 함께 들으며 균은 각에게 물었다. 혹시 누이에게서 답시가 왔니?
각은 고개를 끄덕인 후 시를 외웠다.

그네를 즐기다 내려와 신을 고쳐 신었지요
숨 가빠 말도 못하고 계단에 서 있었지요

매미 날개 같은 적삼에 촉촉이 땀이 배어
떨어진 비녀 주워 달라는 부탁도 있었답니다

균은 봉의 전략이 옳았음을 깨달았다. 죽은 것이나 마찬가지였던 희의 본능이 시 한 편으로 살아났다. 희의 시는 뜨거웠고 감각적이었다. 각이 보낸, 정확히 말하면 봉과 모의해서 보낸, 시가 주위를 돌며 주먹을 톡톡 날리는 아웃사이더의 것이었다면 희의 시는 힘을 모았다가 한 방에 날려 보내는 인파이터의 것이었다. 물론 그러한 결과는 모의의 주역 봉이 정확히 예상했던 것일 테고. 각이 말했다. 한 편 더 있어.

벽에는 복을 선물하는 오악도를 걸고
책상에는 도가의 경전을 펼친다
혹시라도 단사를 만들면
돌아오는 길에 순 임금님을 만나리라

균은 슬며시 웃었다. 희 누이다운 행동이었다. 공격을 받고 방어를 한 것으로 만족하지 않고, 곧장 역습에 나선 것이었다. 신선 되기를 노골적으로 갈망하는 이 시의 공격에 각은 어떤 식으로 대응할지 궁금해졌다. 각이 말했다. 누님이 예상하지 못한 부분을 공략할 생각이야.

어떻게?

들어 봐.

머리 풀어 헤친

미친 백치 노인이여

강물은 굽이굽이 험한데

손길 뿌리치고 뛰어드는구나

아내 홀로 가로막네

아, 건너지 말라 했으나 기어코 건너가네

임은 떠내려가고 남은 이만 홀로 강가에 섰다

균은 손뼉을 치며 말했다. 아하, 순 임금님의 두 아내 아황과 여영이 순 임금님을 찾다가 물에 빠졌다는 고사에서 얻은 생각이로군. 순 임금님을 가져다 쓴 누이에 대한 멋진 반격이야.

각은 손을 들었고, 균은 자기 손으로 각의 손을 쳤다. 우리 식으로 말하면 하이 파이브를 나눴다. 애어른 같은 각이 손을 들어 거칠게 인사하는 아이 같은 행동을 한 건 그만큼 기뻤다는 뜻일 것이다. 우정의 적수 균이 곧바로 자신의 전략을 알아차린 것에 대해.

균은 드러누워 하늘을 바라보았다. 셀 수 없이 많은 별이 점령한 늦여름 하늘을 보면서 영원, 그리고 새로 태어난 우정을 생각했다. 이 우정도 별처럼 영원했으면 좋으리라 생각했다.

*

다들 알다시피 세상일이란 원래 뜻대로 되지는 않는 법이다. 정확히 말하면 세상은 인간들이 쉽게 뜻을 이루는 것을 그다지 반기지 않는다. 두 소년의 새로 태어난 우정 또한 예외는 아니었다. 친형제와 같았던 우정은 시작하자마자 좌초되었다. 균은 이렇게 썼다.

각은 불행히도 병에 걸렸다.

네 소년의 승부로 유독 뜨거웠던 여름이 지나자 곧바로 가을이 왔다. 백운산의 가을은 초겨울과 다를 바 없었다. 뜨거웠던 바람은 미지근함을 생략하고 얼음처럼 차가워졌으며, 푸르던 잎들은 떨어지기 무섭게 갈색을 넘어 흑색으로 변해 버렸다. 구양수가 쓴 명문 〈추성부〉의 현실 버전이었다.

마음마저 우울하게 만드는 무거운 가을에 돌입한 지 며칠이 지나 각은 기침을 시작했다. 시작은 작은 기침이었다. 손톱만 하던 기침은 날이 갈수록 커졌고, 어느 날인가는 각의 몸을 두드리고 흔들어 약간의 피를 토하게 했다. 이즈음에는 소년들의 가르침에서 거의 손을 놓고 있던 봉이었으나, 이 사태를 무심히 넘길 수는 없었다. 기침하는 것과 피를 토하는 것은 차원이 다른 문제였다. 기침하다가 피를 토하는 것은 폐에 문제가 있다는 뜻, 바꿔 말하면 네 소년과 봉이 살았던 시대에는 치료가 어려웠던 불치의 병일 수도 있었다. 물론 봉과 네 소년은 병을 판정할 만큼 의학에 정통하지는 않았다. 어쩌면 산전수전 다 겪은 경험 많은 의원은 그냥 기침이네, 피는 목구멍 상처에서 나온 것이고, 하고 싱거운, 그러나 무심하고 즐거운 결론을 낼 수도 있었다. 그런 식의 해피엔딩은 의원 자체가 없는 백운산에서는 아예 불가능한 일, 그래서 봉은 네 소년을 돌려보내기로 했다. 감성적인 봉은 정들었던 소년들과 눈을 마주치지 않으려고 일부러 골짜기 쪽을 바라보며, 우리가 무협 영화에서 자주 들었던 대사를 쓸쓸히 내뱉었다. 하산해라.

상황이 상황인지라 다들 어쩔 수 없이 고개를 끄덕였는데 단 한 사람, 각은 그렇지 않았다. 애어른 같았으며 예의범절에 어긋나는 행동은 일절 하지 않았던 각은 문제의 당사자임에도 목소리를 높여 반대 의견을 냈다. 나중에 균은 이때 각이 했던 말을 상황 설명과 함께 다음과 같이 정리했다.

병에 걸린 각은 날로 쇠약해졌다. 다들 말렸으나 손에서 책을 놓지 않았다. 봉이 화를 내자 이렇게 받아쳤다. 아침에 도를 들으면 저녁에 죽어도 좋다고 했습니다. 내가 좋아하는 것을 즐겁게 하면서 살고 있고, 몸 또한 전혀 힘이 들지 않습니다. 당사자인 내가 괜찮다는데 왜 주위 사람이 만류하는 겁니까?

심액이 봉 대신 답을 했다. 말이 아닌 눈물로 답을 했다. 잔뜩 울상을 한 김확은 각의 손을 잡고 흔들었다. 균은 악, 하고 화풀이하 듯 소리를 질렀고, 그 소리는 메아리가 되어 백운산에 울려 퍼졌다. 엷은 음성으로, 조금은 우스꽝스럽게 변질되어 돌아온 메아리를 들으며 각이 웃었다. 조금 전까지 충만했던 결의와 호소와 억지가 사라진 자리에 늙음과 젊음이 미묘하게 배합된 현자의 웃음이 있었다. 각이 말했다. 하룻밤만 더 머물고 하산할게요.

백운산에서의 마지막 밤, 봉은 처음으로 네 소년에게 술을 권했다. 여태껏 혼자서만 즐기던 술을 선심이라도 베풀 듯 처음으로 소년들과 나누었다. 술에 약한 심액과 김확이 먼저 잠들었고, 혼자서 남들의 몇 배는 되는 양을 마셨던 봉이 이어서 꼬꾸라졌다. 깨어 있는 건 균과 각뿐이었다. 보통 때라면 균이 나서서 대화를 이끌었을 것이다. 그러나 지금은 각의 시간, 그 사실을 잘 아는 균은 각의 최후 진술을 듣기 위해 입을 다물었다. 각은 이렇게 말했다. 천하를 유람하고 싶어.

16세 소년이 품을 만한 장대한 꿈이었다. 그 꿈에 대해서라면 균 또한 하고 싶은 말이 많았다. 다시 말하자면 지금은 각의 시간, 균은 고개만 끄덕였다. 각이 말했다. 사신이 되어 명나라, 그리고 일본에 다녀오고 싶어. 내 글로 그들을 감동하게 만들고 싶어.

균은 속으로 빙긋 웃으며 고개를 끄덕였다. 봉을 닮고 싶어 하는 각의 열망은 조금도 식지 않았다. 각이 말했다. 세계를, 우주를 여행하고 싶어. 두 발이 닿는 곳까지 걷고 싶고, 두 팔을 날개 삼아

우주 끝까지 가 보고 싶어.

균은 이번에도 속으로만 고개를 갸웃했다. 세계는 그렇다 치자. 우주는 어떻게 여행한다는 것일까? 지금 각은 취했나? 절대로 끼어들지 않겠다는 결심을 깨고 물었다. 우주? 어떻게?

각이 웃었다. 각은 손가락으로 균의 가슴을 콕콕 찌르며 임제를 아느냐고 물었다.

알고 말고.

갑작스러운 각의 신체 접촉에 몸이 찌르르르해졌다. 균은 슬며시 몸을 뒤로 뺐다. 싫어서라기보다는 놀라서였다. 역시 각은 취했네. 균은 여전히 웃고 있는 각을 보며 생각했다. 임제라.

임제는 호방하고 감성적이면서도 독창적인 사람이었다. 조선의 임금 따위는 하찮아서 안 하겠다고 불경하게 떠들어 댔으면서도 기생 황진이의 무덤을 일부러 찾아가 꽃을 바쳤던 사람이 바로 임제였다. 그러나 각은 각이었다. 각이 임제의 이름을 가져온 건 오로지 소설 〈수성지〉를 말하기 위함이었다. 각은 균에게 〈수성지〉를 읽어 보았냐고 물었다. 균은 물론이지, 하고 대답했다. 속으로는 아차 싶었다. 균은 〈수성지〉를 읽어 본 적이 없었다. 그런 소설이 있더라는 소문만 들었을 뿐이었다. 그럼에도 지기 싫어하는 본능이 나타나 자기도 모르게 고개를 끄덕인 것이다. 균은 각이 눈치챘으면 어쩌나 하고 잠깐 조마조마했다. 이제 막 우정을 맺은 친구의 거짓을 각은 어떻게 생각할까? 그러나 이미 〈수성지〉의 세계에 빠져든 각은 균을 추궁할 생각은 전혀 없어 보였다. 각이 작은 기침과 중간 기침을 한 번씩 한 후 말했다. 〈수성지〉는 수성, 즉 근심의 성에서 일어난 일에 대한 기록이야. 내용은 몇 줄로 요약할 수 있어. 성주는 천군인데 실은 우리의 마음을 의인화한 존재이지. 끝없이 밀려오는 근심에 사로잡혀 살던 천군은 견디다 못해 국양 장군을 불러 근심을 없애는 데 성공하지. 국양 장군은 술을 의인화한 존재이니 술로 근심을 다스린다는 그저 그런 이야기. 싱겁지?

균은 고개를 저었다. 그저 그런 싱거운 이야기를 각이 할 리 없었다. 더군다나 마주 앉아 주고받는 마지막이 될지도 모를 이야기로 골랐을 리 없었다. 각이 말했다. 소설을 요약하는 건 실은 소설을 죽이는 짓이지. 한 줄로 요약되는 건 금언이지 소설이 아니야.

각에게서 소설 강의를 듣게 될 줄은 몰랐다. 각의 말을 들으면서 균은 자신이 취합했던 사전 정보, 즉 시나 문장보다 경학에 더 밝다는 정보는 실은 각에 대해 아무것도 말해 주지 못했다는 사실을 다시 실감했다. 역시 함부로 사람을 평가해서는 안 되는 법이다. 각이 말했다. 〈수성지〉는 고전과 고사의 집합체야. 무슨 뜻인가 하면 독자가 아는 만큼만 이해할 수 있는 소설이라는 거지. 언뜻 들으면 지루할 것 같지만 실은 그렇지 않아. 고전과 고사의 답을 풀어 나갈수록 새로운 소설의 문이 열리거든. 그러므로 소설을 더 잘 이해하기 위해서는 한 번, 두 번이 아니라 열 번, 스무 번을 읽어야 하지. 그냥 읽는 게 아니라 이 책 저 책 뒤져서 공부해 가면서 읽어야 하지. 읽되, 공부해 가면서 읽어야 하고, 읽을 때마다 느낌이 달라지는 소설, 그게 바로 〈수성지〉의 묘미야.

16세기를 살았던 소년 각이 정말 현대의 느낌이 물씬 나는 위와 같은 참신한 소설 이론을 펼쳤을까? 해답을 얻기 위해서는 〈수성지〉부터 읽어야 할 것이다. 우리가 〈수성지〉를 펼치면 각의 말 중 적어도 한 가지는 옳다는 사실을 금세 깨닫게 된다. 다음과 같은 대목이 좋은 예일 것이다.

깊은 규방에서 나고 자라 연나라 남자와 결혼했거늘, 낭군이 공명을 중시하고 이별을 가벼이 여길 줄 어찌 알았겠는가? 화살을 등에 지고 청해로 출정하니 긴긴 여름날과 긴긴 겨울밤에 낭군 없이 누구와 살까?…… 매화 꺾어 편지와 함께 부치려 해도 전해 줄 사람이 없고, 비단에 글자를 수놓았으나 금고의 잉어가 없다. 푸른 누각에서 구슬발을 걷고 꾀꼬리만 쫓아낼 따름이다.

모르는 단어는 없다. 그러나 내용 이해는 불가능하다. 온통 옛 시에서 인용한 구절로만 이뤄진 문장이기 때문이다. 고전 문학에 능통한 번역자가 줄 마다 주를 다는 수고를 아끼지 않았지만, 번역자조차도 연나라 남자 운운하는 구절의 의미는 도무지 모르겠다고 고백했다. 우리는 이 소설을 읽으며 자신이 참으로 고전에 무지한 인간이라는 사실 하나만큼은 끔찍하게 잘 알게 된다. 그런데 〈수성지)를 읽기…… 보다 뒤적거리다 보면, 묘하게 각을 닮은 인물의 독백을 접하게 된다.

  이 사람은 기이한 장부라 일컬을 만하니
  열다섯도 되기 전에 육도 병법에 통달했네
  그러나 칼을 써 보지 못해 칼집에는 먼지만 쌓였다
  변경의 산하 바라보니 가을 기운만 드높다

모르긴 몰라도 16세의 병약한 천재 소년, 아는 것은 많았고 뜻은 높았으나 몸은 지독히도 약했던 소년 각은 소설에 삽입된 이 시를 읽고 아하, 내 모습이 바로 여기에 있구나, 하고 독백하며 적잖이 흔들리지 않았을까? 아무튼, 소설에 대한 평가나 과도한 추측은 접어 두고 여기서는 결론처럼 각이 내린 말만 옮겨 적는 게 좋겠다.

〈수성지〉 같은 소설을 쓰고 싶어. 내가 배웠던 것과 내가 꿈꾸었던 것, 나의 과거와 미래가 다 들어 있는 아름다운 소설을 쓰고 싶어. 그게 내 우주야.

잔뜩 커졌던 기대에 비교하면 결론은 조금 싱거운 느낌도 있었다. 그러나 다행이기도 했다. 그런 우주라면 함께 만들고 느끼고 방문할 수도 있겠다는 생각도 들었다. 각은 고개를 느리게 끄덕이는 균에게 완성된 소설을 읽어 주겠냐고 물었고, 균은 당연히 그러겠노라고, 왠지 결심하듯 비장하게 대답했다.

이로써 소년들의 백운산 시절은 종결되었다. 승패를 겨루러 왔으나 승자도 패자도 없이 모두가 친구가 되어 백운산을 떠났다. 그렇다면 이제 백운산을 떠난 네 친구, 그중에서도 우리의 주 관심사인 각과 균이 어떻게 되었는지를 살펴보는 것이 순서겠다. 아하, 하마터면 각이 균에게 했던 부탁을, 이 이야기에서 꽤 중요한 역할을 맡게 되는 부탁을 빼먹을 뻔했다. 각은 균에게 간곡하게 부탁했다. 전달자가 되어 줘.

《The Giver》라는 소설이 떠오르지만, 당연히 이 이야기와는 무관하다. 전달자에는 그 어떤 영적인 의미도 없다. 전달자는 말 그대로 전달하는 역할을 하는 사람, 즉 균이 책임지고 각과 희의 편지를 전달해 달라는 뜻이었다. 시대는 조선, 소년들이 아무리 깨어 있는 정신의 소유자라도 차마 각이 직접 희에게 편지를 보낼 수는 없었다. 그랬기에 처음 보낸 편지 또한 각의 이름이 아닌 봉의 이름으로 전달되었다. 희의 편지를 받은 이도 당연히 봉이었고. 이제 그 역할을 균이 해 달라는 뜻이었다. 균은 고개를 끄덕였다. 각은 편지를 읽지는 말아 달라는 당부도 했다. 약간의 어색한 미소도 함께. 역시 균은 고개를 끄덕였다. 각의 미소보다 조금 더 미소다운 미소와 함께.

다음 날 네 소년은 봉에게 인사를 하고 백운산에서 내려왔다. 셋은 서울로 향했고, 나머지 한 명인 각은 요양을 위해 일동정사로 갔다. 일동정사는 지금의 안동시 도산면 가송리 고산 맞은 편에 있었던 정자라고 한다. 각의 아버지 금난수가 지었고 고산정이라는 이름으로도 불렸는데 내가 읽은 자료에 의하면 '금난수라는 사람보다 고산정이라는 정자가 더 유명했다'고 한다. 퇴계 이황 또한 풍광에 찬사를 아끼지 않았으며 각 또한 '하늘이 만들고 땅이 감춘' 비경이라고 표현했다…… 일동정사에 가 본 적이 없는 우리는 그저 각 혼자 멀리 갔다고만 이해하기로 한다. 다시 이야기로 돌아가자면 우리의 소년들은 꼭 다시 만나자고 다짐하듯 인사를 나누고 헤어졌다. 물론 소년들은 몰랐을 것이다. 넷이 함께 나눈 마지막 인사라는 사실을 그 시점에서는 전혀 몰랐을 것이다. 균과 각 또한 마찬가지였을 것이다. 자신들이 살아서 두 번 다시 만날 수 없으리라는, 우리는 이미 다 알고 있는 그 사실을 말이다. 괜히 울적해지기 전에 훗날 균이 〈수성지〉를 읽고 남긴 평을 인용한다.

문자가 만들어진 이래로 탄생한 가장 특별한 글이다.
천지간에 이 글이 없어서는 안 될 일이다.

*

각은 헤어진 지 일주일도 안 되어 균에게 편지, 즉 수신자가 희로 되어 있는 편지를 보냈다. 약속했던 왕래의 시작이었다. 미리 말하자면, 균은 약속을…… 지켰다. 균은 각이 보낸 편지를 받으면 새 봉투에 넣고 겉봉에 자신의 이름을 적은 후 곧장 희에게 보냈다. 희에게 답이 오면 새 봉투에 넣고 겉봉에 자신의 이름을 적은 후 곧장 각에게 보냈다. 당장 떠오르는 질문 하나. 균은 편지를 읽지 않았을까?

균은 분명 각과 굳게 약속했다. 편지를 읽지 않겠다고, 어설프지 않은, 미소다운 미소와 함께 약속했다. 결론부터 말하자면, 불과 몇 줄 전에 썼던 문장을 뒤집자면, 사실 균은 약속을 완전하게 지키지는 않았다. 그럼 그렇지, 역시 균은 신의가 부족하고 경박해, 그게 균의 본성이지, 하며 비난할 수 있겠다. 너그러움을 베풀기를 바란다. 균은 주인공이다. 우리는 독자다. 그러므로 주인공을 무턱대고 비난하기에 앞서 그가 처한 상황을 자세히 헤아릴 필요가 있다. 균을 전달자로 삼은 편지는 무척 자주 오고 갔다. 각과 희가 2년 가까이 주고받은 편지는 수십 통이었다(고 알려졌다). 적어도 달에 한 번 이상 오갔다는 뜻이다. 각의 건강과 희의 우울을 고려하면 꽤 열정적인 교환이었다. 그렇다면 그 2년 동안 각과 희는 균을 수신자로 한 편지를 몇 통이나 보냈을까?

각은 열 통 내외를 보냈으며, 희는…… 각보다 적게 보냈다. 바꿔 말하면 각은 삼분의 일, 희는 육칠 분의 일 정도의 관심만을 균에게 보냈다는 뜻이다. 이 숫자를 놓고 균의 심사를 헤아려 보자. 각은 균의 친구였고, 희는 균의 누이였다. 그렇다면 각과 희는 어떤 사이인가? 한때 펜팔이라는 감상적이면서도 고상한 단어가 있었다. 언어도 통하지 않으며 얼굴을 본 적도 없는 이들이 편지로 일상의 이야기를 주고받으며 교우를 나누는 것, 그것이 바로 펜팔이었다. 문우라는 보다 우아한 단어도 있다. 말 그대로 글 친구라는 뜻이다. 각과 희의 관계는 펜팔보다는 문우에 가까웠다. 문우! 글을 매개로 한 둘의 관계가 허약하다고 볼 수는 없지만, 우정과 가족애보다 강하다고 보기도 어렵다. 그러니 숫자로 표현되는, 바꿔 말하면 제삼자가 객관적으로 보기에도 명확한 이 관계의 배반은 우리의 민감한 균에게 작지 않은 상처를 주었을 것이다. 땅을 파고 묻어 두었던 질투의 감정이 수시로 땅을 뚫고 나오려는 기분을 느꼈을 것이며, 나중에는 그 분출을 굳이 막으려 애를 쓰지도 않았을 것이다. 물론 이는 철저히 균의 편에 서서 해석한 결론이며, 약속을 어기고야 만 균의 행동 자체가 옳다고 편드는 것은 전혀 아니다. 그저 주인공 대우를 해 주는 것일 뿐.

아무튼, 어느 시점부터 균은 편지를 읽기 시작했다. 어쩌면 자신이 수신자로 되어 있지 않은 편지를 개봉하면서 다음과 같은 자기변호, 혹은 암시를 걸었을지도 모르겠다, 감정적이며 이기적인, 즉 지극히 균다운 해석. 수신자를 지정하지 않은 건 읽어도 된다는 뜻일지도 몰라. 나는 둘의 친구이자 가족이니까……

두 사람이 주고받은 편지는 세 가지 유형으로 정리 가능했다. 첫 번째 유형은 누구라도 예상할 수 있듯 시 주고받기였다. 예를 들어 보자. 처음 시는 각이 보낸 것이며, 다음 시는 희가 답한 것이다.

> 똑똑 떨어지는 물시계 소리 서풍 따라 울린다
> 밤의 벌레는 이슬진 오동나무 가지에서 눈물 흘린다
> 명주 손수건 들어 밤새 흐르는 눈물을 닦았다
> 점점이 붉은 자국으로 남아 아침을 맞는다

> 정성 들여 분 바르고 머리를 다듬으니
> 여인들의 피눈물처럼 곱기도 하다
> 붓을 들어 눈썹에 초승달을 그리면
> 붉은 빗방울이 눈썹에 스치는 듯

시를 통해 젊은 남녀의 미묘한 감정을 제대로 드러냈다고 볼 수 있겠다. 역시 보통을 넘는 솜씨다. 은근하되, 선을 넘지는 않는다. 이점만큼은 확실히 해 두자. 둘의 교우는 실제적인 감정 교환과는 무관했다. 둘은 문우, 즉 서로의 감정을 고양해 글로 털어놓도록 독려하는 것이 목적이었으므로. 두 번째 유형은 첫 번째 유형이 심화 발전된 것이었다. 시 함께 쓰기 방식. 한 편의 시를 둘이 이어서 쓰는 방식. 예를 들어 보자. 처음 절반은 희가 쓴 것이고, 나중 절반은 각이 이어서 쓴 것이다.

험한 산에서 오동나무 한 그루 자라나

차가운 비바람 견디며 여러 해를 보냈다

다행히 천하의 귀한 장인을 만나

거문고로 다시 탄생했다

한 곡조 멋지게 타 보았으나

알아듣는 이 아무도 없구나

혜강이 연주한 광릉산 묘한 곡조

끝내 전해지지 않은 이유이겠네

우리가 보기엔 꼭 한 사람 작품 같다. 감식안이 뛰어난 균이 보기에도 그랬다. 지표면 가까이 모였던 균의 질투가 드디어 땅을 뚫고 나온 건 각과 희의 주고받기가 두 번째 유형에 접어들었을 때였다. 첫 한두 번의 시도에서는 약간의 어색함이 있었던 연결이 이후에는 흠잡을 데 없이 완벽해진 것을 목격했을 때였다. 강력한 질투와 함께 균의 머릿속에는 질문도 하나둘 떠올랐으리라. 만난 적도 없는 둘의 마음이 이렇게 잘 통하는 이유는 무엇일까? 둘은 전생에 어떤 관계였을까?

균이 답을 얻을 사이도 없이 둘의 주고받기는 세 번째 유형에 접어들었다. 예측을 한 번 해 보자. 시 한 편씩을 주고받던 이들이 시 한 편을 함께 완성하기 시작했다. 그렇다면 그다음은 무엇일까? 구체적인 방법은 떠오르지 않아도, 감정적인 결합이 더 강해지는 방

식을 대부분 상상했을 것이다. 균 또한 그랬다. 둘이 함께 장시를
완성하는 것과 같은. 그런데 둘이 택한 세 번째 유형은 균이 전혀
예상하지 못한 것이었다. 그리고 그 예상하지 못한 방식이 균을 더
욱 충격에, 질투를 넘어선 절망에 빠뜨렸다. 이름을 붙이자면 따로
또 같이 유형, 그러나 이 이름이 둘의 방식을 온전히 설명한다고는
자신할 수 없는. 예를 들어 보자. 첫 번째와 세 번째가 각의 작품이
고, 두 번째와 네 번째가 희의 작품이다.

후한의 장중울은 같은 마을에 사는 위경경과 함께 덕을 닦았다.
몸을 숨기고 벼슬을 하지 않았다. 그 곤궁하고 쓸쓸한 삶이라니. 먹
을 것은 부족했고, 집 주변은 잡초로 뒤덮였다. 그런데도 문을 닫고
앉아 도를 닦으며 명성을 구하지 않았다. 세상 사람들이 그의 존재
를 잊었다.

꿈에 봉래산에 올라 맨발로 용을 탔네
푸른 옥 지팡이 짚은 신선께서 나를 맞아 주셨네
동해를 내려다보니 한 잔의 물처럼 고요했네
꽃 아래서 봉황은 피리 불고 달빛은 황금 술동이 비추었네

삶은 죽음의 뿌리인데, 죽음은 삶의 뿌리다. 은혜는 해악에서 생
기는데, 해악은 은혜에서 생긴다. 마음을 동요하지 않도록 하되, 비

취 보는 일을 소홀히 해서는 안 된다. 마음을 텅 비게 하되, 한 곳
에 집착하지는 말아야 한다.

　　대낮에도 인적 없는 낡은 집에서
　　뽕나무 위에 앉은 부엉이 혼자 운다
　　섬돌에는 차가운 이끼
　　빈 다락은 새들의 소굴
　　말과 수레로 북적였던 곳
　　이제는 여우와 토끼의 거처
　　달관한 분의 말씀 알아듣겠네
　　부귀는 내 갈 길 아님을

뭐랄까, 마치 재즈, 그중에서도 가장 난해한 프리재즈 같다. 트럼
펫이 독주를 마치면 피아노가 이어받는다. 드럼이 독주를 마치면
색소폰이 이어받는다. 제각기 흥에 취해서 하는 즉흥 연주다. 선율
도 공유하지 않고 상대방의 독주를 귀 기울여 들은 것 같지도 않
다. 그런데 어울린다. 원래부터 하나였던 것처럼. 그저 각자 연주하
는데 어느새 하나의 곡이 된다. 미리 밝히지만 둘의 편지 주고받기
는 희의 독주를 마지막으로 종결되었다. 말 그대로 종결되었다. 다
소진했기에 더 덧붙일 것이 없었다는 뜻이다. 아버지 하나님을 원
망하다가 마지막 순간 다 이루었다고 말씀하신 십자가의 예수처럼

말이다. 균이 전달한 희의 마지막 편지는 다음과 같았다.

　사랑하는 딸을 잃은 것도 모자라 아들까지 잃었네
　슬픔이 겹친 광릉 땅에 두 무덤 나란히 마주보고 섰네
　사시나무 가지에는 쓸쓸한 바람 불고
　소나무 숲에서는 도깨비불이 반짝
　종잇돈 날리며 혼을 부르고 무덤 앞에 술잔을 붓는다
　남매의 가여운 혼, 그래도 밤마다 함께 놀고 있겠지

　이즈음 균이 불교 서적을 가까이했다는 기록은 꽤 의미심장하다. 도무지 끼어들 틈이 없는 각과 희의 교우를 보며 어지러워진 균의 마음을 달래기에는 불경이 오히려 제격이었다. 물론 여기에는 사명당으로부터 받은 강한 인상도 한몫했을 것이다.

　능엄경을 읽은 후 소동파의 문장이 더욱 지극히 높고 묘해졌으며, 왕양명 또한 불경을 읽고 깨우친 바가 있다는 말을 들었다. 속으로 아름답게 여기어 불교의 경전을 구해서 읽어 보았다. 과연 그 달견은 도랑이 패이고 하수가 무너지는 듯하며, 그 뜻을 놀리고 말을 부리는 것은 나는 용이 구름을 탄 듯 아득, 모습조차 제대로 떠올릴 수 없었다. 참으로 귀신 같은 글이었다.

한 가지 흥미로운 건 뒤늦게 불경을 읽은 균이 까마득한 선배라는 표현으로도 모자랄 사명당에게 선에 대해 당당히 충고했다는 사실이다. 1604년, 즉 균의 나이 36세 때의 일이다.

대사께서는 아직도 선에 통달하지 못하셨군요. 마음을 한곳에 모아 움직이지 않는 경지를 어찌 반드시 온갖 인연을 없앤 후에야 이를 수 있겠습니까?

안타깝게도 사명당의 답변은 우리로서는 알 수가 없다. 조금 다른 이야기이지만, 훗날 균은 삼척 부사에 임명되었다가 불과 13일 만에 쫓겨나고 만다. 이유는 균의 지나친 불교 숭상이었다. 한번 빠져들면 헤어나지 못하는 균의 성향이 잘 드러난 장면이다.

*

그렇다면 각과 희는 균에게 어떤 편지를 보냈을까? 희가 균에게 보낸 편지의 내용은 다루지 않기로 한다. 시를 적어 보낸 것이 대부분이었고 나머지는 일상의 사소한 사항들을 다룬 편지였다. 아무래도 희는 균을 속내를 털어놓을 대상으로는 여기지 않았던 것 같다. 희에게 균은 여섯 살 어린 막내였다. 잊었을까 봐 다시 말하자면 각은 균보다 두 살 더 어리다…… 균에게는 안타깝고 쓸쓸한 일이었겠으나, 균의 성향을 잘 아는 우리로서는 어쩌면 다행이었을지도 모른다는 생각 또한 약간은 든다.

주목할 것은 각의 편지다. 각은 열 통 내외의 편지를 보냈다고 앞에서 말한 바 있다. 각의 편지는 두 가지 유형으로 분류할 수 있다. 각이 쓰겠다고 약속했던 소설에 대한 것이 첫 번째 유형이었으며, 각의 비통한 감정 토로가 두 번째 유형이었다. 다수는 첫 번째 유형이었으며, 감정 토로는 후반부에 집중되었다. 두 번째 유형은 그 느낌이 강렬하고 안타까우며, 이야기 진행에도 매우 중요한 만큼 뒤로 밀어 두고 일단은 각이 심혈을 기울여 썼던 소설에 대해 먼저 살펴보겠다. 여러 통에 나누어 썼으나 실은 비슷한 이야기이므로 하나의 글로 바꾸어 쓰도록 하겠다.

균이 소설에 관해 처음 편지를 받은 것은 1587년 봄이었다. 이제 17세가 된 소년 각은 19세가 된 균에게 시 한 편과 소설의 구상을 담은 편지를 보냈다. 균이 읽은 시의 내용은 이러했다.

안타깝구나!
조선 한구석에서 나고 자란 이 몸
세계로 나아갈 꿈 십 년 넘게 품었는데
공을 따라 천하 유람 떠나지 못하네
우물 안에서 서쪽 하늘 바라보며 한숨짓는 한 마리 개구리 균은 시의 제목을 보고서야 이 밑도 끝도 없이 한숨짓는 시가 탄생한 이유를 알았다. '배상공의 사신 행을 송별하다', 즉 재상 배삼익의 명나라 사신 행을 송별하며 적은 시였다. 백운산에서의 마지막 밤, 각은 자신이 닮고 싶어 하는 인물 봉이 그랬던 것처럼 명나라를 다녀오고 싶다는, 대국의 선비들 앞에서 문명을 떨치고 싶다는 소망을 피력했다. 그런 각에게 아버지 금난수의 동향 친구로 안면 또한 있는 배삼익의 명나라 방문은-우리가 낮춰 보았던 금난수 또한 실은 경상도에서는 내로라하는 집안 소속이었음을 알 수 있다-크나큰 자극이 되었을 것이다. 기꺼이 송별 시를 쓴 이유였을 것이다. 그러나 각의 시는 보통의 송별 시와는 달랐다. 송별 시는 말 그대로 떠나는 이를 송별하며 사방에 기개를 떨치라는 덕담과 무사 귀환의 소망을 담기 마련이다. 하지만 각의 송별 시에는 기개도, 덕담도 없이 온통 자기 이야기뿐이었다. 정확히 말하면 배삼익이 아니라 각이 주인공이었다. 요약하자면 배삼익은 천하로 유람을 떠나는데 자신은 우물 안에 갇혀 한숨만 짓는 개구리라는 것이었다. 정말 이 시를 아버지의 친구라는 재상 배삼익에게 보여 주었을까? 균이 배삼익이었다면 의아하거나 기분이 상했을 것이다. 균은 언제나 예의 바르고 애어른 같던 각을 생각했다. 자신보다 나이는 두 살 어렸으나 가끔은 두 살, 혹은 그 이상 많은 것 같아 때론 형처럼도 느껴졌던 소년 각을 생각했다. 그러한 각이 송별 시의 기본에 어긋나는 시를 지어 배삼익에게 보여 주었을까? 균은 중얼거렸다. 제목만 같을 뿐, 내용은 전혀 다른 시일 수도 있겠어.

균이 가끔 쓰던 속임수가 있었다. 속임수라기보다는 장난에 가까웠다. 이를테면 김확과 심액에게 똑같은 제목의 시를 보낸 후 둘을 불러 소감을 묻는 것이다. 차례로 소감을 이야기하던 둘은 어느 순간 자신들이 같은 시를 이야기하는 것인지 의심하게 된다. 균은 같은 시라고 우기고 보낸 이가 그렇다 하니 어쩔 수 없이 그 사실을 믿을 수밖에 없는 둘은 점점 더 혼란에 빠져든다…… 각은 각이었다. 균이 썼던 치졸하고 유치한 속임수를, 그저 웃자고 썼던 그 속임수를 각이 썼을 리는 없다. 그렇다면 남은 답은 하나, 각이 의도한 것이었다. 이어지는 소설의 구상을 보고서야 균은 이 시가 소설의 탄생을 촉발하는 일종의 서문 구실을 했음을 깨달았다. 현실의 세계를 여행하지 못하는 것에 대한 불만, 혹은 안타까움이 세계를 넘어 우주여행까지 포괄하는 소설을 시작하게 만든 것이다. 그렇다면.

균은 방금 읽은 시를 다시 살폈다. 시 어디에도 각의 사생활 이야기는 없었다. 바꿔 말하면 균이 가장 알고 싶어 했던 각의 병 이야기는 없었다. 하지만 각은 자신의 병에 관해 남김없이 다 털어놓고 있는 것이나 마찬가지였다. 애어른 같기는 했어도 미래를 낙관했던 각이었다. 밝은 미래를 그린다는 점에서는 제 나이의 소년과 다를 바 없었던 각이었다. 그런 각이 자신은 우물 안 개구리 신세라고 단정해서 썼다. 각이 그렇게 썼다면 그건 실제로 우물에 갇혔다는 뜻이다. 바꿔 말하면 병에 꼼짝없이 붙들렸다는 것! 도망갈 방법은 전혀 없다는 것! 그것이 각이 시 내용을 바꿔서 쓴 이유였던 것! 그러니까 이 시는 형태만 시였고 실은 균에게 보내는 알림장이었던 것!

그렇게 이해하고 보니 소설 창작의 의미는 더 크게 다가왔다. 소설 창작은 당장 일어나 떠나지 못하는 단순한 불만, 안타까움에서 시작된 것이 아니었다. 영원히 떠날 수 없게 되었다는 삶의 비극적 인식 아래에서 나온 행동, 즉 죽기 전에 생의 과제를 기어이 완결하고야 말겠다는 의지의 확인에 더 가까웠다. 각이 쓴 소설 구상은 각다웠다. 각이 직접 쓴 문장은 마지막 한 줄뿐, 나머지는 인용만으로 이루어진 구상이었다. 각답게 인용처는 밝히지 않았다. 그러나 우리의 주인공은 기억력 천재 균이다. 균은 각의 구상이 세 사람의 글과 한 사람의 선언에 가까운 시구를 염두에 두었음을 곧바로 알아냈다. 세 사람은 사마천, 소철, 마자재였고, 한 사람은 두보였다.

나는 10세 때 옛글을 두루 외웠고, 20세 때 여행을 떠났다. 장강과 회수를 돌아보았고, 회계산에 올라 우 임금의 묘를 찾았고, 구의산을 방문해 순 임금의 묘를 보았다. 옛날 제와 노의 도읍을 찾아 학문을 익혔고, 공자의 유풍을 살폈고, 추현과 역산을 찾아 활을 쏘았다. 낭중이 된 후에는 파촉 이남을 정벌하는 데 참가해 공과 작과 곤명을 치고 돌아왔다.

사마천은 사해와 명산대천을 두루 유람하고, 천하의 호걸 명사와 교유했다. 그렇기에 그의 글은 기운이 남다르다. 사마천이 어찌 이러한 글짓기를 배워서 썼겠는가? 자신도 모르는 사이에 차고 넘치는 기가 마음과 외모에 흘러넘쳤으며 그 말과 글을 생동하게 만든 것이다. 내 나이 17세에 이르렀으나 교우한 이들이라야 동네 사람들뿐이고, 가 본 곳이라고 해야 주위 수백 리뿐이다. 제자백가의 책을 두루 읽었으나 그건 단지 옛사람의 낡은 발자취, 내 뜻을 불러일으키기는 부족하다. 이에 나는 결연히 고향을 떠나 천하의 기이한 장관을 찾아 천지의 광대함을 깨달으려 한다.

그러므로 다시 말하건대 사마천의 문장은 책에 있지 않다. 책만 붙잡고 파고들면 평생토록 그 글의 가치를 이해하지 못할 것이다. 그러니 방법은 하나뿐.《사기》를 옆에 끼고 명산대천의 장려하고 기이한 곳을 두루 노닐며 구경하는 것. 그래야《사기》에 적혀 있지는 않으나 실은 행과 행 사이에 이미 다 들어 있는 것들에 대해 속속들이 알게 된다.

아, 대장부의 인생은 관 뚜껑이 덮인 후에야 비로소 결판이 나는 법이니.

각이 쓴 유일한 문장은 다음과 같았다.

　사마천의 문장과 두보의 유언 같은 시구, 그들의 편력을 흠모하는 대관자는 시와 문장을 양손에 들고 천하와 우주를 두루 유람할 것이다.

　　*

　각이 완성한 소설에 관해 길게 이야기하지는 않겠다. 혹시라도 잊었을까 봐 다시 말하겠다. 균과 각은 16세기 소년들이다. 우리와 그들 사이에는 400여 년의 시간적인 격차가 있다. 당시엔 새로웠더라도 지금의 관점에서는 낡았을 수 있다. 그보다 더 결정적인 문제가 있다. 그들은 한문을 자유자재로 구사했다. 바꿔 말하면 그들은 한글을 사용하지 않았다. 〈홍길동전〉을 최초의 한글 소설이라고들 하지만 그건 균의 아이디어에서 모티브를 얻어 탄생한 작품일 뿐, 균이 직접 쓰지는 않았으리라는 것이 요즈음 학계의 인식이다. 문자는 사상을 반영한다. 바꿔 말하면 한문을 일상어로 썼던 그들의 사상을, 한글을 쓰는 우리는 온전히 이해할 수 없다. 고전 소설이 어렵고 낯선 건 내용 때문이 아니라 사상이 다르기 때문이다. 더군다나 각이 쓰려고 했던 소설은 인용과 각주의 소설, 즉 한문 고전과 고사에 대한 엄청난 지식을 가진 자만이 이해할 수 있는 소설이었다. 당대에도 쉽지 않았을 것이 분명한데 우리가 제대로 이해할 수 있을 리 없다. 그렇기에 소설에 관해서는 짧게 이야기한다고 말한 것이다. 물론 다른 이유도 있다. 소설이 아무리 훌륭하더라도 엄

밀히 말하면 이 소설은 각의 삶의 일부, 그렇기에 이 글을 쓰는 내 관심은 실상 각의 삶에 있으며, 균이 각을 바라보는 감정과 그 변화 쪽에 있다. 그렇기에 소설 이야기는 서둘러 마무리하고 다음으로 달려가고 싶은 것이다. 각의 소설의 대략적인 줄거리는 다음과 같다. 줄거리로 요약이 가능한 소설은 소설이 아니라고 각이 피력한 바 있으나, 한문학의 소양이 부족한, 아니 없는 것이나 마찬가지인 내겐 이 단순 요약 말고는 이 소설을 소개할 다른 방법이 전혀 없다.

대관자는 천하 유람의 뜻을 펼치고자 장도에 오른다. 하나라와 은나라의 유적지를 살펴보는 것으로 시작해 명산과 절경을 관람하고, 위인과 영웅의 발자취를 좇는다. 현실 세계 여행을 마친 대관자는 이번에는 우주여행, 즉 학을 타고 하늘로 올라가 옥황상제와 견우직녀와 여러 신선을 만나 교우를 나눈다. 그런데 뜻을 이룬 대관자는 기쁘기는커녕 허망하다. 우주까지 두루 보았음에도 채워지지 않는 무엇이 있다. 대관자는 방 안에 정좌하고 고민한다. 책을 펼치고서야 해답을 찾는다. 아하, 세계와 우주의 비밀, 태극이라는 단어의 비밀은 실은 이 책에 있었구나. 대관자의 마음은 비로소 충만해진다.

요약을 해 놓고 보니 각이 온 힘 기울여 쓴 소설이 우스꽝스러위 보인다. 요약의 병폐라 할 만하다. 이 점 하나만큼은 단언할 수 있다. 각이 실제로 쓴 소설은 내가 한 요약과 전혀 비슷하지도 않다…… 궁금한 분들은 원문을 구해 읽어 보기를 바란다. 각의 야심 차면서도 웅대한 계획을 온몸으로 체감할 수 있을 것이다.

그렇다면 이 소설을 제대로 이해했을 당대의 몇 안 되는 사람들은 어떻게 평가했을까? 가장 권위 있었을 봉의 평은 다음과 같았다.

집 안을 벗어나지 않았으면서도 천하를 다 파악했다. 실로 각다운 걸작이다.

훗날 균 또한 한마디를 보탠다. 균의 평은 다음과 같았다.

문학을 논하는 이들이 앞다투어 베끼는 바람에 종잇값이 오를 정도였다. 봉 또한 감탄의 말을 남겼다. '옛 대가의 풍모가 넘친다. 함부로 평가할 수 없다.'

눈치 빠른 이들은 봉과 균의 평가에 차이가 있음을 금세 알아챘을 것이다. 봉은 인정하고 찬탄을 아끼지 않았다. 반면 균은 교묘하게 자신의 의견을 밝히지 않았다. 봉을 포함한 사람들의 반응을 적

었을 뿐이었다. 종잇값이 올랐다는 건 사실 기술이 아니라 그저 관
용적 표현이었다……

그런데 봉과 균 말고도 각의 이 소설에 반응한 사람이 있었다. 바
로 희였다. 희는 〈유선사〉, 즉 '신선 세계에서 노닐다'라는 제목의 장
시를 썼다. 칠언절구 형식의 시가 무려 87편이었다. 누이에게서 아
무런 설명 없이 〈유선사〉를 받은 균은 직감적으로 이 시가 각의 소
설에 대한 답장임을 깨달았다. 균은 놀라고 절망했다. 균은 누이의
창작열에 놀랐다. 자신이 낄 자리가 전혀 없음에 절망했다. 희는 이
시를 통해 이렇게 선언하고 있는 것이었다.

내 고향은 땅이 아닌 하늘이다
나는 조선 남자 김성립의 아내가 아니라 상제의 선녀다

*

이제 각이 균에게 보냈던 편지의 두 번째 유형, 즉 비통하게 감정
을 토로한 부분에 대해 말할 차례다. 소년들도 헤어질 무렵 어느 정
도는 예감했듯 각의 병은 불치병이었다. 각의 나이 18세 되던 1588
년 여름, 온 힘을 다 쏟았던 소설을 다 마무리한 각은 균에게 편지
한 통을 보냈다.

얼마 전까지 역사서와 의학서를 손에서 놓지 않았어. 두 종류의

책을 함께 읽었더니 깨달음이 오더군. 아, 나는 역사 속에서 미미한 존재로구나. 아, 나는 의학의 도움으로는 살아남을 수 없겠구나. 깨달음은 사람을 겸손하게 만들고 기원하는 존재로 바꾸는 법, 그래서 고개 숙이고 두 손 모아 기도했지. 하늘이시여, 제게 몇 년만 허락해 주소서. 그저 읽고 싶은 책만 다 읽고 떠나도록 해 주소서.

각은 자신의 삶이 얼마 남지 않았다는 사실을 정확히 인지했다. 그래도 여유는 있었다. 마지막 소원이 독서라는 것도 정확히 각다웠다. 균은 눈물을 조금 흘리며 감탄했다, 혹은 감탄하면서 눈물을 조금 흘렸다. 마지막이라는 깨달음을 얻은 각의 마음이 안타까워서, 책을 손에서 놓지 않겠다는 각의 결심이 아름다워서. 균은 고개를 숙이고 두 손을 모아 보았다. 그러나 그건 균에게 어울리지 않는 행동이었다. 균은 고개를 저었다. 눈을 감고 그대로 드러누웠다. 보름 후 다시 편지가 왔다. 각은 완전히 다른 사람이 되었다.

아버지와 어머니가 자꾸 기도하는 바람에 화가 났어. 그래서 확실하게 통보했지. 기도 따위 해서 뭐 합니까? 어차피 나는 죽습니다. 소년의 죽음이니 신주도 필요 없습니다. 굳이 번거롭게 왔다 갔다 하지도 마시고 여기 이 자리에 그냥 묻으세요. 어차피 귀신은 못 가는 곳이 없습니다.

각은 기도하는 부모에게 화를 냈다고 썼다. 불과 보름 전에 자신 또한 손을 모았다는 사실을 까맣게 잊은 사람처럼. 균은 쓸쓸하게 웃었다. 애어른 같았던 각의 처음이자 마지막 반항, 혹은 감정을 듬뿍 담은 짜증이었을 것이다. 그러나 균은 길게 웃을 수 없었다. 부모에게 화를 낸 각은 하늘에게도 화를 냈다. 신주니 귀신이니 하는 단어들을 통해 자신에게 책을 읽을 기회도 허락하지 않은 무정한 하늘에게 화를 냈다. 균은 붓을 들었다. 뭐라도 한마디해 주고 싶어서 붓을 들었다. 다시 놓았다. 한마디해 주고 싶기는 했으나 그 한마디가 무엇인지 도무지 알 수가 없었기 때문이었다. 수많은 문장으로 머리를 채운 균이었지만 어처구니없게도 도무지 각을 위한 그 한마디를 찾아낼 수가 없었기 때문이었다. 균은 그저 한숨만 쉬었다. 한 달 후 각의 다음 편지가 도착했다. 이제 각은 또 다른 사람이 되었다. 편지는 짧았다.

나는 봉성 사람 각이다.
7세에 공부를 시작해 18세에 생을 마감했다.
뜻은 원대했으나 명은 짧았다.
아하, 이것이 나의 운명이로군.

균은 또다시 붓을 들었다가 곧바로 놓았다. 이유는 전과 달랐다. 한가하게 답장이나 쓸 때가 아니었다. 각의 상황은 심각했다. 편지를 통해서도 생생하게 전달되었다. 어쩌면 당장 죽을지도 몰랐다. 어쩐다? 아예 찾아가 볼까? 서둘러 움직인다면 해 지기 전에는 도착할 것이다. 어쩌면 살아 있는 각을 볼 수 있을지도 몰랐다. 그러나 또 다른 생각도 들었다. 설령 각이 살아 있더라도 도대체 무슨 이야기를 할 수 있을까?

비밀로 한 것은 아니고 살짝 덮어 두었던, 여기서는 밝히고 넘어가야 할 중요한 사항이 하나 있다. 백운산에서 헤어진 이후 각은 균에게 편지를 썼다. 그렇다면 균은? 균은 각에게 편지를 쓰지 않았다. 균은 전달자의 역할에는 충실했다. 그러나 균은 각에게는 안부를 묻는 편지를 일절 쓰지 않았다. 마치 그것이 우정의 적수를 상대하는 규칙인 것처럼. 훗날 균은 척독, 즉 짧은 편지 분야의 장인이 된다. 가까운 친구들에게 보내는 척독에는 감정 표현에 능숙한 균답게 그리운 마음이 강물처럼 넘쳐난다.

수령을 맡은 고을이 자네 집과 지척이야. 모친을 모시고 오게.
봉급의 반을 털어 줄 테니 돈 걱정일랑 아예 하지도 말고.

술을 빚었네. 젖빛처럼 하얀 술이 동이에 뚝뚝 떨어지는 모습이란.
서둘러 오게. 바람 잘 드는 마루를 쓸면서 기다릴 테니.

서둘러 오게.

항상 모일 수 있는 건 아닌 법, 끝난 뒤에 후회해 봐야 아무 소용
이 없어.

친구를 가족만큼 사랑했으며, 보고 싶다는 표현을 밥 먹듯 자주
했으며, 지체하지 말고 어서 오라고, 서둘러 오라고 늘 채근했던 균
은 유독 각에게는 인색했다. 우정을 넘어 친형제와 같았다고 썼으면
서도 유독 각에게는 마음을 담은 짧은 편지 한 통 보내지 않았다.

흥미로운 건 각의 반응이다. 서운할 법도 할 만한데 각은 단 한
번도 답장을 써 달라고 채근한 적이 없었다. 그런 관점에서 각이 보
냈던 편지를 자세히 살펴보면 재미있는 특징이 나타난다. 각의 편
지 어디에도 균에 대한 궁금증이 담겨 있지 않다. 균에게 보내는 편
지이기는 했으나 어찌 보면 균 아니어도 아무런 상관이 없는 편지,
심하게 말하면 작가가 팬에게 보내는 편지와도 유사한. 즉, 어떤 면
에서는 각 또한 균을 철저히 전달자, 혹은 독자로 여겼던 것. 각은
균을 수신자로 삼았으되 철저히 자신의 이야기만 했던 것. 그렇다
면 바꿔서 말할 수도 있겠다. 균이 각에게 편지를 쓰지 않은 게 아
니라, 각이 처음부터 균을 전달자, 혹은 독자로 여기는 편지만 썼던
것. 그랬기에 각의 태도를 파악한 균이 마음을 전달하는 편지는 쓰
지 않기로 결심했던 것일 수도 있겠다. 그렇다면 원초적인 질문으로
돌아갈 수밖에. 둘은 과연 친형제와 같은 친구였나? 혹시 둘은 여

전히 적수였던 것은 아니었을까?

그러나 이것은 어디까지나 가정, 둘의 진심을, 둘의 우정을, 둘이 나눈 우정의 특성을 제삼자인 우리는 정확히 알 수 없다. 사랑의 양태가 다양하듯 우정의 모습 또한 수천, 수만 가지이므로. 아무튼, 균은 처음부터 끝까지 마음을 드러내는 편지를 전혀 쓰지 않았고, 그렇기에 찾아가도 별반 다르지는 않을 거라, 어쩌면 각이 아예 원하지 않을지도 모른다고 생각했다. 그렇게 균은 진지하게 머뭇거리다가 눌러앉았다.

고민 끝에 내린 결정, 균은 머리를 감싸고 한숨을 쉬었다. 결과를 기다렸다. 바로 며칠 후 각의 마지막 편지와 부고가 동시에 도착했다. 기다렸으면서도 기다리지 않은 이율배반의 편지가 마침내 도착했다. 18세 소년 각은 1588년 8월 26일 사망했다. 각의 마지막 편지는 다음과 같았다.

아버님, 그리고 어머님
나를 위해 울지 마세요.
아, 애통합니다.

*

각의 죽음을 알게 된 균이 느꼈을 슬픔의 강도를 우리는 정확히 알 수 없다. 공식적으로 알려진 균의 반응은 이러했다.

하늘이시여, 애통합니다.

짧고 강렬한 반응이다. 훗날 균은 추모하는 글 또한 여럿 썼는데 대부분 사소한 일화 하나까지 빼놓지 않았다. 화가 이정을 추모할 때는 마치 목격이라도 한 것처럼 생생하게 태몽까지 기록했으며, 사명당을 추모하는 글은 한 편의 생생한 소설 같다. 그에 비교하면 각을 추모하는 글은 참 짧고 강렬하다. 어떤 의미에서는 각의 마지막 편지와도 비슷하다. 친구의 때 이른 죽음, 두 살 많은 균으로서도 처음 경험하는 자신보다 더 어린 친구의 죽음 앞에서 원망할 곳은 그저 하늘밖에는 없었을 것이다. 별 의미 없는 가정을 해 본다. 각이 오래 살았다면 둘의 우정은 어떤 형태로 이어졌을까?

질투로 시작된 우정이었다. 대결로 이어진 우정이었다. 마지막은 친형제 같은 우정, 혹은 우정의 적수, 어쨌든 간에 일반적인 형태와는 묘하게 다른 우정이었다. 균이 맺었던 다른 우정과는 시작과 진행과 결과까지 모두 달랐다. 그러니 우정을 이어가는 방식 또한 평범하지는 않았을 터. 아름다운 우정, 괴이한 우정, 파란만장한 우정……

아무튼, 각은 죽었고, 각과 나누었던 특별한 형태의 우정도 연기가 되어, 혹은 땅에 묻혀 사라졌다. 이제 균은 다 끝났다고 생각했다. 각과 나누었던 뜨겁고 아름다웠으나 짧았던 인연은 완전히 끝났다고 생각했다. 슬프기는 해도 죽은 사람은 죽은 사람, 그러니 살아 있는 균, 이제 20세가 된 균은 남은 이들과 함께 손을 잡고 살아가면 된다고 생각했다. 어쩌면 가끔은 그들과 이야기를 나누다가 슬며시 각을 추모하기도 할 터. 웃기도 하고 울기도 할 터. 화를 내기도 하고 한숨을 쉬기도 할 터. 그러나 그건 균의 착각이었다. 그런 일은 일어나지 않았다. 왜? 각의 죽음은 끝이 아니라 시작이었다. 각은 혼자 죽지 않았다!

서둘러 앞으로 나아가기 전에 각의 아버지 금난수가 취한 기묘한 행동 하나는 소개하고 넘어가는 게 좋겠다. 금난수는 평생 일기를 썼는데 그 기록을 통해 막내아들 각을 유난히 사랑했음을 알 수 있다. 금난수는 각이 처음으로 《논어》를 읽었던 것부터 시작해 봉에게 가르침을 받으며 칭찬을 들은 것, 그리고 〈주유천하기〉라는 소설을 완성한 것 등등 각의 성취와 관련한 거의 모든 일을 일기에 빠짐없이 기록했다. 앞에서 살펴봤듯 금난수의 관직 생활은 별 볼 일이 없었다. 퇴계 이황의 제자, 조목의 매제인 사실 말고는 내세울 게 전혀 없었다. 인간 금난수보다 그가 세운 일동정사가 더 유명했다는 사실을 다시 떠올리기를 바란다. 각은 가문을 제대로 일으키고 널리 알릴 기대주였다. 이런 금난수였으니 각의 마지막 나날들을 세세히 기록하지 않았을 리는 없다.

8월 24일 : 각이 미음도 먹지 못하며 고통을 호소했다. 애처로워서 보는 것도 힘들었다.

8월 25일 : 각이 식은땀을 잔뜩 흘렸다. 열은 오르지 않았고, 미음 약간과 익위승양탕을 마셨다. 밤새 뒹굴며 괴로워했다.

8월 26일 : 날이 밝을 무렵 기가 끊어졌다.

8월 27일 : 입관했다.

9월 8일 : 발인했다. 두모포로 가서 송별하고 돌아왔다. 가슴이 아프고 정신이 멍해 어찌할 바를 몰랐다.

금난수가 느꼈을 깊은 슬픔과 절망이 생생하게 느껴진다. 자식을 먼저 보낸 아버지라니, 그것도 가장 기대하고 사랑하던 막내아들을. 그런데 8월 27일과 9월 8일 사이에 이상한 기록이 있다.

8월 29일 : 경과 개 등이 시험장에 들어갔다.

경은 첫째 아들이며, 개는 셋째 아들이다. 막내 각이 죽은 지 3일도 안 되었는데 첫째와 셋째는 아무 일도 없었다는 듯 과거시험을 치렀다. 둘째인 업도 각이 죽음의 문턱을 오가던 8월 25일 시험을 치렀다. 이는 분명 금난수의 지시였을 것이다. 금난수는 각의 죽음으로 슬퍼하는 마당에도 결코, 가문의 영광을 잊지 않았다. 1601년 둘째 아들 업과 셋째 아들 개는 마침내 과거에 급제한다. 각이 사망한 지 13년이 지나서였다. 결과를 생각하면, 1588년의 그 여름날에 그토록 바쁘게 과거시험을 보았어야 했나 하는 의문도 든다. 그러나 아버지 금난수에겐 그것이 최선이었을 것이다. 어떤 의미에서는 가문에 헌신한 금난수의 행동이 각의 마지막 소망을 들어준 셈이 되었다. 자신을 위해 울지 말라던 각의 그 마지막 소망 말이다.

*

각의 마지막 편지와 거의 동시에 도착한 또 다른 편지가 있다. 의미심장하다면 의미심장하달까, 아니면 실은 필연적이라고나 할까, 바로 봉이 보낸 편지였다. 백운산에서 헤어진 후 봉은 말 그대로 이산 저 산을 떠돌았다. 방랑객이 되어 전국을 떠돌았다. 금강산에 머물다가 비로봉에 오른 봉은 그 기념으로 균에게 편지를 썼다.

팔월 보름, 비로봉에 홀로 섰다. 계수나무엔 서리가 내려 차가운데 한 마리 기러기, 서풍 따라 날아간다. 형은 순천에, 막내는 서울에 있구나. 헤어져 지내는 설움, 해마다 커진다. 고통의 눈물로 가을 서리를 적신다.

썩은 이파리 같은 쓸쓸한 편지를 받은 균은 망설이다가 비통한 답으로 응대했다, 각이 죽었다는. 훗날 균은 자신이 썼던 답장을 여러 번 후회했다. 그러나 당시에는 지극히 당연한 일로만 여겼다. 각은 봉이 아끼던 제자였으므로. 때론 스승 같던 제자였으므로. 어떻게든 알리는 게 도리라고 생각했다. 봉은 행동으로 화답했다. 균은 그때의 일을 다음과 같이 기록했다.

그즈음 작은형은 술에 지나치게 심취해 황달을 앓았다. 시고 찬 음식까지 마구 먹어서 한담이 겹쳤다. 작은형은 쓰러졌고, 들것에 실려 산에서 내려왔다.

봉은 오래 버티지 못했다. 1588년 9월 17일, 38세의 봉은 금화현 생창역에서 사망했다. 친구 서인원이 수령으로 있던 곳이라 여러 가지 도움을 받을 수 있었던 게 그나마 다행이었다. 봉은 죽은 후에야 서울로 돌아왔고, 아버지 엽의 무덤 곁에 묻혔다. 그런데 봉의 장례와 관련한 흥미로운 이야기가 하나 있다. 한때 이름이 높았던 봉의 장례에 꽤 많은 이들이 온 것은 당연지사, 그중에 사명당이 있었다. 사명당은 유난히 슬프게 통곡했다. 애도 시에는 고통과 슬픔의 흔적이 곳곳에 묻어났다. 그런데 균은 무슨 까닭에선지 사명당에게 따지고 들었다. 훗날 균은 속으로 생각했다고 썼지만, 과연 그랬을까? 봉의 죽음으로 체온이 크게 올랐을 균이 속내를 털어놓지 않고 감추기만 했을까? 그랬기에 나는 균이 따지고 들었다고 생각한다. 언성을 높였다고 생각한다. 스님은 아직 깨달음의 경지에 이르지 못하셨습니까? 어찌 속세 사람들처럼 과하게 슬픔을 드러내십니까?

사명당이 뭐라고 답했는지는 기록에 없다. 이유는 간단하다. 기록자는 균이었으므로. 아마도 사명당은 어처구니없어하는 표정을 지으며 균을 혼쭐내 주지 않았을까?

생각 없이 함부로 말하는 버릇은 여전하구나.

봉의 죽음은 선조실록에도 기록되어 있다. 봉을 유난히 싫어했던 어딘가 비뚤어진 임금 선조의 영향일까, 실록에는 날짜조차 앞당겨 적혀 있다. 어처구니없게도 죽기도 전에 이미 죽은 사람으로 만들어 버렸던 것.

전 부사 봉이 금강산에서 노닐다가 금화역에서 죽었다. - 1588년 9월 16일

*

그렇다. 각은 혼자 죽지 않았다. 귀신이 된 각은 자신이 가장 닮고 싶어 했던 스승 봉의 손을 잡아끌어 죽음에 이르게 했다. 이것

으로 생을 조기에 마감한 각의 억울한 마음은 조금이라도 풀렸을
까? 저승에서의 각은 조금이라도 덜 외로워졌을까? 그렇지는 않다.
각의 이승 개입은 아직 끝나지 않았다!

균이 정신을 차리고 자신에게 일어난 일련의 죽음의 의미를 곱씹
기도 전에 또 다른 죽음이 찾아왔다. 1589년 3월 이번에는 희가 시
에서 예언했던 것처럼 27세의 나이에 세상을 떠났다. 넘쳐나는 죽
음들, 이 죽음들을 과연 그저 우연이라 말할 수 있을까? 균이 이
일련의 죽음에서 각을 떠올리지 않을 도리가 있었을까? 각과 밀접
한 관련을 맺었던 봉과 희가, 제자이자 스승으로, 혹은 문우로 여겼
던 이들이 각이 죽은 후 불과 6개월도 안 되어 차례로 세상을 떠난
것이다. 조선 천지에 문명을 떨쳤던 삼 남매 중 21세의 나이로 홀로
남은 균은 외롭고도 허망했을 것이다. 균은 〈훼벽사〉를 지어 누이를
추모했다. 균은 누이가 죽은 게 아니라, 자신이 그리던 고향으로 돌
아갔음을 명확히 적었다.

백옥루 어디쯤 돌아가 소요하며
줄지은 신선 따라 즐겁게 지내소서

균은 마냥 슬퍼하지 않았다. 균은 외롭고 허망했으나 그냥 무너
지지 않았다. 어떤 의미에서 균은 강인했다. 할 수 있는 일을 하려
애를 썼다. 희의 시집을 서둘러 간행하기 위해 애를 썼다. 그 결과

희가 죽은 다음 해인 1590년에는 봉의 친구이자 자신의 스승 유성룡에게 서문을 받아 냈다.

　봉의 아우 균이 찾아왔다. 그의 누이가 지은 원고를 보여 주었다. 나는 놀라서 말했다. "훌륭하구나. 부인의 솜씨가 아니다. 그대의 집안엔 뛰어난 재주를 지닌 이들이 왜 이리 많은 것인가?"
　나는 시는 잘 모른다. 다만 그저 읽은 바로 평을 한다면…… 대개는 한나라, 위나라 작품보다 뛰어나고 평범한 것도 당나라 전성기 작품 수준과 비슷하다. 나는 균에게 말했다.
　"보배롭게 간직하라. 반드시 전하는 것이 옳다."
　1590년 11월, 유성룡이 쓰다.

　그런데 여기서 한 가지 짚고 넘어갈 사항이 있다. 균은 희의 시집 발간을 왜 이토록 서둘렀던 것일까? 바꿔 말하면 왜 희의 시집이었을까? 균은 자신이 그토록 닮기를 원했던 작은형 봉의 문집을 1605년에야 엮었다. 봉이 죽은 후 17년 만이었다. 그런데 희의 시집 발간을 위한 작업은 죽은 지 1년 만에 이루어졌다. 물론 실제로 시집이 발간된 것은 1608년 4월이었다. 당시 공주 목사였던 균은 서문을 썼는데, 이 서문을 보면 균이 그토록 서둘렀던 이유가 드러난다.

김성립에게 시집을 갔다가 자녀도 없이 일찍 죽었다. 평생 많은 글을 지었으나 유언에 따라 모두 불태웠다. 그렇기에 전하는 작품은 매우 적다. 그것들은 균이 외운 것을 베껴서 적어 놓은 것이다. 세월이 지나면 없어지겠기에 나무에 새겨 널리 전하는 바다.

문제가 되는 부분은 두 가지다. 첫째, 시집에 실린 시들은 '균이 외운 것을 베껴서 적어 놓은 것'이라는 문장이다. 여러 차례 말했다시피 균은 사진 같은 기억력을 타고났다. 그런 균이었으니 누이의 시를 보는 즉시 외웠고 문자로 옮길 수 있었던 것이다. 그러나 이는 균의 진술을 백 퍼센트 사실로 인정할 때의 이야기다. 이 서문을 읽은 누구라도 다음과 같이 반문할 수 있다.

균의 기억력에 오류가 존재할 수도 있지 않은가?
누이의 시라는 건 균의 주장일 뿐, 실은 다른 이의 시일 수도 있지 않은가?

전혀 무리가 없는 합리적인 의심이다. 증인이라고는 오직 균뿐이다. 나서기 좋아하는 데다가 제멋대로인 성격, 사명당에게 혼쭐이 났던 성향을 고려하면 균은 믿을 수 없는 증인이다. 희의 시집에 대해 여태까지도 위작, 혹은 표절 논란이 그치지 않는 근본적인 이유다. 그렇다면 우리는 어떻게 해석해야 할까? 기억력 오류 부분은 건

너뛰기로 한다. 균이 죽은 지 수백 년, 그의 혼을 불러오는 신통방통한 기술이 탄생하기 전까지는 검증이 불가능하다. '다른 이의 시'라는 주장에 대해서는 할 말이 있다. 우리는 이미 각과 희가 주고받은 편지를 살펴보았다. 각과 희가 따로 또 같이 방식으로 시를 주고받았음을 살펴보았다. 그렇다면 균은 그러한 시들을 어떻게 처리했을까? 답은 간단하다. 모두 희의 작품으로 만들어 놓았다. 균은 각의 흔적을 완전히 지우고 희만 남겼다. 당연히 또 다른 질문을 할 수밖에 없다. 균의 행동은 우정어린 배려에서 나온 것일까, 참을 수 없는 질투에서 나온 것일까?

희와 각은 자신들의 서신 교환이 세상에 밝혀지길 원하지 않았다. 그랬기에 균을 전달자로 둔 것이었다. 둘이 사라진 이상 남은 자가 흔적을 지우는 건 우정어린 배려인 것이다.

희와 각은 둘도 없는 문우였다. 만나지 않았으면 후회했을 문우였다. 그랬기에 균은 견디기가 어려웠다. 자신이 낄 자리가 없는 것이 부끄럽고 서러웠다. 외운 것을 적어 놓고 보니 질투의 감정이 되살아났다. 균은 교류의 흔적을 지웠다.

균이 직접 털어놓지 않는 이상 쉽게 결론을 내릴 수 없는 문제다. 이미 죽은 균은 우리에게 진실을 밝힐 방법이 없다. 혹시 기회가 있더라도 균의 성격상 자기 입으로는 절대 밝히지 않을 것이다.

문제가 되는 또 다른 부분을 살펴본다. 균은 이렇게 썼다.

평생 많은 글을 지었으나 유언에 따라 모두 불태웠다.

균의 말이 사실이라면 희는 죽기 전에 '내가 쓴 글은 모두 다 불태우세요'라고 유언했을 것이다. 김성립은 희의 유언을 실천했다. 희를 그다지 아끼지도 않았던 김성립은 희의 유언을 완벽하게 실천했다. 균은 어떠했는가? 희의 유언을 무시했다. 희를 누구보다도 아꼈다면서 희의 유언을 완전히 무시했다. 또 다른 해석도 가능하다. 어차피 김성립은 희가 작품 활동에 몰두하는 것을 꼴사납게 여겼다. 그랬기에 유언의 집행은 손바닥 뒤집기처럼 쉬웠을 것이다. 균은 누이의 작품이 피와 땀의 결정체라는 사실을 알았다. 그랬기에 도저히 유언을 집행할 수 없었을 것이다.

또 다른 가능성도 있다. 균의 말대로 희가 작품을 불태워 달라고 유언했다고 치자. 그렇다면 그 이유는 뭘까? 작품의 수준이 별로라고 생각해서? 온통 비극이었던 삶의 흔적을 모조리 없애고 싶어서?

희가 자신이 쓴 작품이 별로라고 생각했을 것 같지는 않다. 우리가 살펴봤듯 봉, 희, 균 삼 남매는 문장에 대한 자부심이 무척 강했으며, 자신의 능력을 숨기기보다는 드러내기 좋아하는 유형의 사람들이었다. 균의 시도 시시껄렁하다고 평가한 희가 자신이 쓴 작품을 낮춰 보았을 리는 없다.

희의 삶이 비극이었던 건 사실이다. 조선에서 여자로 태어나 평범한 남자의 아내로 살게 된 현실을 후회하고 또 후회했던 희였으므로. 그런 희에게 유일한 기쁨은 작품 창작이었다. 자신은 죽어도 작품은 살아남길 바랐을 것이다. 자신이 쓴 작품만이 삶의 의미를 증명한다고 여겼을 것이다.

그렇기에 나는 균이 전하는 희의 유언을 의심한다. 사실 희 말고도 쓴 글들을 불태우라는 유언을 남겼다는 사람은 많다. 대표적인 작가는 바로 카프카다. 그러나 연구에 따르면 카프카는 사적인 흔적, 즉 일기, 편지 등을 태워 달라고 했을 뿐이라고 한다. 어쨌거나 카프카의 유언 아닌 유언은 오늘날 카프카의 명성을 더 높이는 데 적지 않은 일조를 했다. 아마도 균은 누이를 신화로 만들고 싶었던 것 같다. 불태워 달라는 유언에도 불구하고 살아남은 작품이 가지는 신화적인 후광을 잘 이해하고 있었을 것 같다. 드러내기 좋아하는 균의 성격이라면 충분히 예상할 만한 결론 아닐까? 또 하나, 만약 희의 유언이 사실이 아니라면 다음과 같은 가정도 성립한다. 희는 각과 주고받은 편지로 완성된 작품들도 작품으로 인정받기를 원했다. 그러나 우리의 균은 희의 그 소망은 깨끗이 무시했다!

사소하거나 의미심장한 여담 하나, 균이 엮은 희의 시집은 명나라에서 큰 인기를 끌었다. 희의 시집에 감명받은 명나라 여인 경란을 소개한다. 경란은 조선 역관 허순이 명나라 여인과 결혼해 낳은 딸이었다. 경란은 명나라에 살았지만 늘 조선을 그리워했다. 그리움에 불을 붙인 건 희의 시집이었다. 경란은 시를 썼다. 희의 시 한 편 한 편에 화답하는 시를 썼다. 지나친 몰두는 화를 부른다. 어느 순간 경란은 자신이 바로 희라고 생각하게 되었다. 죽은 희가 환생해서 자신이 되었다고 생각하게 되었다. 경란이 완벽하게 희가 되기 위해선 27세에 죽어야만 했다. 27세가 된 경란은 문을 잠그고 집 안에만 머물렀다. 매일같이 향을 피우며 이렇게 말했다고 한다.

"나는 올해 반드시 죽을 것이다."

그러나 일 년 내내 아무런 일도 일어나지 않았다. 해가 바뀌었다. 얼이 빠진 경란은 이렇게 중얼거렸다.

"아, 나는 그냥 평범한 여인이었구나."

경란은 산으로 들어갔다. 신선 수행을 하던 경란은 어느 날 종적을 감추었다.

1912년 간행된 희의 시집에는 부록이 있었다. 《경란집》 즉 경란의 시를 모은 시집이 함께 간행된 것이다. 내가 참조한 자료의 저자는 이렇게 적었다.

먼 곳에서 평생 희만 바라보며 자신의 문학적 꿈을 키웠던 이름 없는 여성 작가 경란의 작품들이 긴 시간을 거친 끝에 비로소 제자리를 찾아 희의 시 곁에 가지런하게 놓이는 순간이었다.

내가 참조한 또 다른 자료의 저자는 조금 더 냉정하다.

희의 시집은 명나라에서 큰 인기를 끌었다. 희의 문학뿐만 아니라 죽음까지 흉내 내고 싶어 한 경란이라는 아류 작가가 나왔을 정도였다.

어떤 연구에 따르면 경란은 실제 인물이 아니라고 한다…… 판단은 여러분에게 맡긴다. 나는 그저 사소하거나 의미심장한 여담을 적었을 뿐. 뭐, 그렇다는 이야기다.

*

각의 죽음이 유발한 또 다른 죽음, 각과 직접 연관을 맺은 봉과 희의 연이은 죽음을 살펴보았다. 그렇다면 이렇게 질문할 수 있겠다. 이제 각은 원하는 바를 다 이룬 것일까?

그렇지는 않다. 관련자 중 아직 죽지 않은 이가 있다. 그 사람은 바로 균이다. 당장 질문이 쏟아지리라. 균이 50세 나이에 역모죄로 사형을 당했다는 건 알 만한 사람은 다 아는 사실인데 도대체 무슨 소리냐고 말이다. 나도 안다. 설령 각이 영향을 미쳤다고 해도 죽이는 데 30년이 걸렸다는 건 실제로는 영향력이 거의 없었다는 뜻이나 마찬가지다. 그렇기에 나는 이렇게 말한다. 각은 분명히 균을 죽음으로 내몰았다. 균은 각이 죽은 지 4년 후인 24세에 반쯤 죽었다. 50세까지 살았던 건 균처럼 보이는 허깨비였다.

*

1592년 4월, 임진왜란이 일어났다. 전쟁이 일어나기 전 선조가 통신사를 보내 일본의 의중을 파악하려 했다는 사실은 널리 알려져 있다. 도요토미 히데요시를 만나고 온 사신들은 상반되는 의견을 선조에게 내놓았다. 정사 황윤길(서인)은 반드시 쳐들어올 것이라 말했고, 부사 김성일(동인)은 전쟁은 절대로 일어나지 않을 것이라 말했다. 선조는 김성일의 의견을 받아들였고 이 오판 하나로 조선은 불바다가 되었다. 이 논의에 균의 큰형 성이 개입되어 있다는 사실을 아는 이는 많지 않다. 성은 동인이었다. 그러나 동인의 당론을 따르지 않고 반드시 쳐들어올 것이라는 냉정한 의견을 냈다. 성의 성격이 늘 뜨거운 쪽이었던 봉, 희, 균과는 조금 달랐음을 보여 주는 이야기다. 그즈음 24세의 균은 꿈을 하나 꾼다. 균은 앞날을 예언한 꿈이라고 설명했다. 심리학이라는 학문이 있음을 아는 우리는 예언이라기보다는, 성의 발언이 균에게 미친 불안감을 지적할 수 있겠다.

눈 닿는 곳이 온통 풀이 우거진 황량한 들판이었다. 불에 타 연기마저 가득한 그 들판에 껍질이 벗겨진 나무가 보였다. 이렇게 썼다. '산과 강에 온통 원통한 기운뿐이다. 사람은 하나도 없는데, 하늘엔 어두컴컴한 달 하나만 떠 있다.' 몹시 언짢은 기분으로 꿈에서 깨어났다. 얼마 후 전쟁이 일어났다. 집들은 불에 타고 사람들은 피를 흘렸다. 꿈과 시가 그대로 현실이 되었다.

임진왜란이 일어나자, 균은 가족과 함께 피난을 떠났다. 임신 중이었던 아내는 함경도 단천에서 출산했다. 왜적이 닥치는 바람에 몸을 돌볼 시간도 없었다. 균과 가족은 마천령을 넘어 길주의 임명역에 도착했다. 기진맥진한 균의 아내는 말도 제대로 하지 못했다. 여전히 왜적은 코앞에 있었다. 또다시 움직여 간신히 산성원에 도착했다. 그날 밤 균의 아내는 세상을 떠났다. 균은 소를 팔아 관을 샀다. 균은 이렇게 적었다.

아내의 몸은 아직 따뜻했다. 도저히 땅에 묻을 용기가 나지 않았다.

또다시 왜적이 다가온다는 소식이 들렸다. 균은 어쩔 수 없이 뒷산에 임시로 아내를 묻었다. 아이 또한 얼마 지나지 않아 죽었다. 1595년에야 균은 아내를 데려와 강릉 외가에 묻었고, 1600년 3월,

원주에 안장했다. 아내가 사망한 지 8년 만이었다. 22세로 죽은 아내가 균과 살았던 햇수도 겨우 8년이었다. 균은 이 아내를 무척 아꼈던 것 같다. 1주기 되던 해인 1593년에는 12편의 시를 지어 추모했다. 1609년 균은 형조참의에 올랐고 죽은 아내는 '숙부인'의 직첩을 받았다. 부인첩을 받고 싶다는 아내의 소망이 가장 씁쓸한 방식으로 이루어진 것이다. 그 사실을 잊지 않았던 균은 아내를 추모하는 글을 썼다. 1593년에 쓴 시 한 편을 소개한다.

작년 칠석 피난 도중
비단 포대기에 아들을 낳았다
아내의 죽음을 탄식하는 한을 누가 알겠는가
아들을 잃고 홀로 산 아픔까지 겹쳤으니
한 해 사이 달라진 세상에 마음이 아파
오늘도 내 병은 지루하게 붙어 있다
좋은 밤이건만 기쁨은 전혀 없다
직녀성 보며 눈물을 흘린다

다시 말한다. 아내와 아이를 잃고 균은 반쯤 죽었다. 살아남은 균은, 기억력 천재 균은 과거에서 밀려오는 끝없는 죽음의 기억에 평생 시달렸던 허깨비였다.

*

1592년 가을, 24세의 균은 남은 가족과 함께 외가인 강릉 애일당에 도착했다. 애일당은 외조부가 지은 집이었다. 새벽에 일어나 창을 열면 해 뜨는 광경이 보이는 따뜻한 집이었다. 그러나 외조부가 사망한 지 이미 43년, 난리통에 도착한 애일당은 예전의 따뜻한 집이 아니었다.

울타리는 무너진 지 오래였다. 뜰에는 잡풀과 담쟁이만 무성했다. 곳곳에 금이 간 집은 곧 쓰러질 것 같았다. 벌어진 벽 틈으로 바람이 들어왔고, 걸어 주었던 시문들도 반 이상 사라졌다. 비를 맞은 대들보는 더러웠고, 서까래도 여럿 썩었다. 난간과 창살 또한 모두 뜯겼다.

균의 어머니는 통곡했다. 균도 울고 싶었다. 목청 높여 통곡하고 싶었다. 애일당은 균의 내면과 똑같은 모습이었다. 균이 생각하기에 애일당이 폐허로 변한 건 균의 내면이 이미 폐허였기 때문이었다. 애일당은 그저 균의 심사를 반영했을 뿐. 균은 울지 않았다. 균이 울면 어머니는 무너질 것이다. 균은 눈물을 참고 뜰로 향했다. 이를 악물고 잡풀을 베었고 자꾸 터져 나오려는 분노를 참아 가며 쓰레기를 치웠다. 반나절의 노동 끝에 일을 마쳤다. 균은 마루에 앉아 뜰을 보았다. 여전히 예전의 뜰은 아니었다. 그래도 조금은 깨끗해진 뜰을 보니 마음이 안정되고 체온이 내려갔다. 어머니가 다가왔다. 균의 손을 잡고 말했다. 조상의 혼령에게 고하는 듯한 반성문을 만들어서 균에게 들려주었다.

선조께서 힘써 일구시어 살 만한 곳으로 만드셨는데, 후손들이 간수를 못 해 무너질 지경에 이르렀으니, 아으, 우리의 죄가 크고도 크도다.

딱히 균을 향한 비난은 아니었으나 어쩐지 균에게는 자신을 책망하는 것으로 들렸다. 세상의 모든 죽음, 세상의 모든 고난이 다 균 때문이라고, 균이 없었다면 불행도 없었을 거라고 한탄하는 소리로 들렸다. 균은 오래전 매형 우성전이 퍼부었다는 저주의 말을 생각했다. 가문을 망칠 사람이 바로 균일 것이라는, 지극히 정확했던 저주의 말을 떠올렸다. 균은 무릎을 꿇었다. 어머니 앞에 고개 숙이며 죄를 고했다. 크고 큰 것은 저의 죄입니다. 그래도 어머니는 지키겠습니다. 마음을 다하고 힘을 다하겠습니다. 생애를 마치는 날 외조부 앞에 서서 그래도 어머니는 지켰다고 말씀드리겠습니다.

그 후 한 달여 동안 균은 애일당 재건에 온 힘을 쏟았다. 아침부터 밤까지 애일당 재건을 위해 바쁘게 몸을 움직였다. 그 한 달여 동안 균은 독서를 접었다. 생각도 접으려 했다. 책을 접는 건 쉬웠으나 생각을 접는 건 그렇지 않았다. 책이 유형의 물건인 반면, 생각은 형태가 없는 존재이기 때문일 것이다. 형태가 없으니 접으려고 해도 도대체 어디서부터 어떻게 접어야 할지 감을 잡기가 쉽지 않기 때문일 것이다. 그래도 균은 노력했다. 형태가 없는 생각을 머릿속에서 책이나 상자로 바꾸어 접거나 닫는 상상을 쉬지 않고 했다. 가끔은 성공하고 가끔은 실패했다. 그래도 하지 않는 것보다는 분명 나았다.

독서도 접고 생각도 접으려고 노력하면서 애쓴 결과 애일당은 어느 정도 제 모습을 찾았다. 한 달 하고 사흘이 지난 밤 재건 작업은 완료되었다. 정확히 그날 밤인 이유가 있다. 그날 밤 꿈에 애일당의 주인 외조부가 나타났기 때문이었다. 외조부는 43년 전에 세상을 떠나지 않았느냐고, 이제 24세인 균이 외조부의 모습을 어떻게 기억하느냐고 날카로운 질문을 던질 수도 있겠다. 똑똑한 분들에게 이렇게 말하고 싶다. 나는 지금 균이 꾼 꿈에 대해 말하는 것이다. 다들 알다시피 꿈에 논리 같은 것은 없다. 꿈에서는 모든 게 다 가능한 법이다. 자, 다시 꿈으로 돌아가자. 꿈에 나타난 외조부는 귀신걸음으로 다가와 균의 어깨를 두드려 주었다. 마치 수고했다고 말하는 듯했다. 격려를 마친 외조부는 손바닥을 위로 하고 흔들었다. 우리도 알다시피 그것은 따라오라는 신호였기에 균은 이미 발걸음을 옮기기 시작한 외조부를 따라갔다. 칠흑 같은 어둠 속에서도 빠른 걸음으로 이동하던 외조부는 앉은뱅이책상 앞에서 걸음을 멈추었다. 아마도 외조부가 사용하던 물건이었던 것 같다. 그리운 듯 표면을 만지던 외조부는 갑자기 칼을 들어-칼이 어디에서 나타났느냐고는 부디 묻지 말기를 바란다-책상을 베었다. 책상은 둘로 갈라졌고 그 안에서 고서 한 권이 나타났다…… 그 순간 균은 꿈에서 깼다. 균은 곧바로 자리를 박차고 일어나 꿈에서 보았던 앉은뱅이책상을 찾았다. 있었다. 외조부가 서재로 쓰던 방 가장 구석에 부서지기 직전인 낡은 책상이 있었다. 꿈과는 달리 벨 필요는 없었다. 책상 아래에는 서랍이 하나 있었고, 서랍을 열었더니 책 한 권이 있었다. 표지도 없고, 앞과 뒤도 사라져 중간만 남은 폐허 같은 책이었다.

균은 폐허나 마찬가지인 책을 들고 밖으로 나왔다. 아직은 어둑한 새벽이었다. 그러나 어둠은 귀퉁이부터 조금씩 빛에 점령당하는 중이었다. 곧 날이 밝아 오리라는 증거였다. 균은 책을 들고 바닷가의 교문암으로 향했다. 교문암에는 전설이 있었다. 원래 교문암 아래에는 늙은 이무기가 살았다. 균이 태어나기 8년 전 이무기는 용이 되어 바위를 깨뜨리고 승천했다. 바위는 문처럼 둘로 갈라졌고 그때부터 교문암으로 불렸다. 균이 교문암으로 향한 건 전설과는 아무런 관계도 없었다. 해가 제일 먼저 뜨는 곳이어서, 바위가 넓고 커서 앉아 있기 좋았기에 택한 것이었다. 균은 교문암에 올라앉아 책을 펼쳤다. 한두 장 펼치니 다음과 같은 글이 보였다.

본사에서 중 조신을 보내 장원 관리인으로 삼았다. 장원에 온 조신은 태수 김흔 공의 딸을 좋아하게 되었다. 깊이 빠지게 되었다. 조신은 낙산사 관음보살 앞에 나아가서 여자와 관계 맺기를 빌고 또 빌었다. 그러기를 몇 년, 여자에게는 남편이 생겼다. 조신은 불당에 나아갔다. 관음보살이 자신의 소원을 들어주지 않은 것을 원망하고 또 원망하다가 그 자리에서 잠들었다. 김씨 부인이 기쁜 얼굴로 들어와 웃으며 말을 걸었다……

어떤 이야기인지 대부분 알아차렸으리라 믿는다. 조신의 꿈, 조신의 사랑으로 널리 알려진 이야기다. 조신과 김씨 부인의 결혼 생활은 불행의 연속이었다. 아이 다섯을 얻었으나 한 아이는 열다섯에 죽었고, 부부는 그저 입에 풀칠하기 위해 네 아이와 함께 사방을 떠돌았다. 이별을 선언한 건 김씨 부인이었다. '서로 만난 것이 우환의 터전'이었다는 김씨 부인의 말을 조신은 부정할 수가 없었다. 조신과 김씨 부인은 아이 둘씩 데리고 헤어지기로 했다. 그 순간 조신은 잠에서 깼다. 몸이 유난히 무거웠다. 조신은 거울을 보았다. 수염과 머리가 하얗게 변한 늙은 남자가 있었다. 평생의 괴로움을 하룻밤에 모두 겪은 남자가 있었다. 세상에 대한 희망을 모조리 놓아버린 남자가 있었다. 아하, 이런 것이로구나.

조신은 관음보살 앞에 엎드려 잘못을 뉘우쳤다. 장원 일을 당장 그만두고 경주로 돌아갔다. 사재를 다 털어 정토사를 세우고 선업을 닦았다. 조신이 언제 어떻게 죽었는지는 아무도 모른다.

균은 이 글 마지막에 달린 평도 마저 읽었다. 평은 다음과 같았다.

책을 덮고 가만히 생각해 보니 어찌 조신의 꿈만 그렇겠는가? 속세의 사람들은 오직 즐거움에 취해 기뻐 날뛰며 산다. 깨달음을 전혀 얻지 못했기 때문이다.

균은 평자가 그랬듯 책을 덮었다. 고개를 들려다 눈살을 찌푸렸다. 햇살이 정면으로 균을 비추었기 때문이다. 균은 눈을 감았다. 손차양도 만들었다. 손 그늘을 만들고 눈을 감은 균은 생각했다. 이 이야기는 왜 내게로 왔을까?

여러분은 어떻게 생각하는가? 조신의 이야기는 왜 균에게 온 것일까? 바꿔 말하면, 균의 외조부는 왜 균에게 조신의 이야기를 보낸 걸까? 아니, 그 이전에 균이 교문암에서 조신의 이야기를 읽은 건 과연 사실인가? 그보다 더 이전에 균이 외조부의 꿈을 꾼 건 과연 사실인가?

나는 답하지 않겠다. 확실한 건 단 하나, 이즈음 균이 교산을 자신의 호로 삼았다는 것. 그렇다면 어떤 이는 또 물을 것이다. 균은 용인가, 이무기인가? 흥미로운 질문이나 이에 대한 답 또한 나는 하지 않겠다. 지금껏 내가 탐구한 건 단 하나, 균과 각이 나누었던 우정뿐이니까. 둘이 나눈 우정의 처음과 끝을 찾으려 애썼던 것뿐이니까.

*

남은 이야기가 하나 더 있다. 1610년 봄, 42세의 중년이 된 균에게 누군가 찾아왔다. 각의 형 개였다. 균은 묘지명을 부탁하는 개에게 이렇게 말했다.

백운산 시절 나와 다른 두 소년은 높은 소나무 보듯 각을 우러러보았습니다. 각이 죽지 않았다면 문단의 맹주가 되었을 겁니다. 저 같은 자가 문장으로 이름을 날릴 일도 없었겠지요. 불행히도 각은 죽었고, 각의 이름을 알리는 책임은 우리에게 남겨졌습니다. 각에게 미치지 못하는 것은 잘 압니다. 그렇다고 우정마저 외면하겠습니까?

균은 묘지명을 썼고, 마지막에 추모하는 시를 달았다. 시의 마지막은 다음과 같다.

나의 정을 기록합니다

그대는 아마 아시겠지요

개가 돌아간 후 균은 다시 붓을 들었다. 무언가를 쓰려다가 다시 붓을 놓았다. 균은 긴 한숨을 쉬었다. 큰일을 마친 듯한, 몹시 깊은 피로가 깃든 긴 한숨이었다.

사족 하나, 1610년 각에 대한 글을 썼던 때가 그 해의 균에게는 유일하게 한가했던 시절이었다. 심액을 말하면서 밝혔다시피 균은 그 얼마 후 조카와 조카사위를 부정 합격시켰다는 이유로 탄핵이 되며, 또 얼마 후엔 전라도로 유배되었다. 이후 부침을 거듭하던 균은 1618년 50세의 나이에 사형장의 이슬이 되어 생을 마감한다. 남보다 늘 뜨거웠던 균의 체온은 비로소 싸늘하게 식었을 것이다.

이제 글을 끝낼 시간이 되었다. 결론은 이렇다.

15세 소년 균에게 1583년은 결코, 잊을 수 없는 해였다.

*

　지금 내가 이런 글을 너에 대해 쓴다고 해서 네가 무덤 속으로 안고 간 너의 '선시집'을 교정해 내보내지는 않을 것이다. 교정해 가지고 나올 수 있다 해도 교정하지 않을 것이다. 그런 생각도 해 본 일이 없다고 도리어 나를 핀잔을 줄 것이다. "야아, 수영아, 훌륭한 시 많이 써서 부지런히 성공해라!" 하고 빙긋 웃으면서, 그 기다란 상아 파이프를 커크 더글러스처럼 피워 물 것이다. - 김수영

　벗은 형처럼 가까운 것이다. 그래서 벗들은 서로를 형이라고 불렀던 것이다. -《교우론》36칙